MEKTUP YAYINLARI ♦

Yay. Yönetmeni	: Recep Özkan
Kapak Tasarım	: İrfan Kahramanoğlu
Tashih	: Ahmet Cantürk
Dizgi&İç Düzen	: İ. Kahramanoğlu
Montaj	: Halil Erol 0535 290 08 63
Baskı	: Karmat Davutpaşa Cad. Kale İş Mrk. *No: 51-52 Topkapı-İSTANBUL*
Cilt	: Özener Ciltevi *D.Paşa Cad. Kale İş Mrk.* *No: 201-202 Topkapı-İST*

İlk Baskı Tarihi : İSTANBUL EKİM 2007

ISBN :

Mektup Adresimiz : **MEKTUP YAYINLARI**
Daruşşafaka Cad. Aksarıklı sk. No: 4/A
Malta - Fatih / İSTANBUL

Tel : 0212. 525 27 06
0212. 521 83 10

Faks: 0212. 534 18 71

www.eminesenlikoglu.org
www.radyomektup
e-mail: eminesenlikoglu@hotmail.com

Bir GÖNÜL Mücadelesi Hikayesi

Emine Şenlikoğlu

Emine Şenlikoğlu Özkan: 1953'te Giresun'un Dereli ilçesine bağlı Anbaralan köyünde dünyaya geldi. Daha sonra sırasıyla; Adapazarı Sinanoğlu, son olarak da İstanbul'a yerleşti.

Gençlik yıllarında din arayışına girdi, İncil'i ve Tevrat'ı okudu. Daha sonra İslâmî ilimlerde eşi Recep Özkan ve özel hocalardan dersler aldı. Akâid, hadis usulü gibi ilim dallarında kendini yetiştirmeye çalışıyor.

İlk kez 1978'de yazmaya başladı. *Bursa Marmara*, *Milli Gazete*, *Yeni Asya* gazetelerinde, *Sur* ve *Ribat* dergilerinde yazdı. 1985 Şubat'ında eşiyle beraber aylık *Mektup* dergisini çıkardı.

1984'te yazdığı *Gençliğin İmanını Sorularla Çaldılar* isimli eserinden dolayı 1985 Mayıs'ında "laikliğe aykırılıktan" iki yılı gözetim olmak üzere 8,5 yıla mahkûm oldu. İki buçuk yıl hapis yattıktan sonra infaz yasasından yararlanarak hapisten çıktı. 163. madde kalkınca kitap serbest bırakıldı.

Ceza evinde yedi kitap yazdı. O kitaplardan, *Burası Ceza Evi* kitabı toplatıldı. (Yazar, *Burası da Cezaevi* isimli yeni bir kitap daha yazdı.) *Biz Bu Vatanın Nesi Oluyoruz, Ben Kimin Kurbanıyım* isimli kitaplarına da dava açıldı ve bunlar da toplatıldı.

Yirmi kadar kitap yazdıktan sonra, Türkçe ve edebiyat dersleri aldı ve ilk kitaplarını gözden geçirdi. Gelecekteki yazarların aynı hatalara düşmemesi için yazar olmak isteyenlere *Beyaz Devrim Kalemle Başlar* isimli bir kitap hazırladı. Yazarın üç şiir kitabı var. Aynı dönemde çıkan şiir kitapları arasında *Mahkum Duygular* isimli şiir kitabı Türkiye rekoru kırdı. *Yeni Devir* gazetesinde bazı şiirleri yayınlandı.

Şenlikoğlu'nun yazdığı bir piyes sahneye kondu ve sahasında rekor sayılan izleyici kitlesine ulaştı.

Yazar, yirmi yaşından sonra ilkokulu, kırk yaşından sonra da ortaokulu ve İmam Hatip lisesini dışarıdan bitirdi. Kırk sekiz yaşından sonra üniversiteye gitmek istediğinde, başörtüsü yasağına takıldı. Fakat bu alandaki mücadelesi de devam etti.

Çok kez yargılandı.

Çarşaflı olarak televizyona çıkışından, *İslâm'da Erkek* kitabından *Kadınları Kadınlar da Eziyor* romanına kadar birçok konuda eleştiriler almasına rağmen dik duruşunu korumaya devam etti.

Yurt içi ve yurt dışında birçok konferans verdi, radyo programları yaptı.

İki çocuk annesi olan Emine Şenlikoğlu'nun 1984 yılından itibaren yayınlanan eserleri şunlardır:

1. SERİ:
"GENÇLİĞE HATIRAMDIR"

1- Gençliğin İmanını Sorularla Çaldılar
2- Bize Nasıl Kıydınız
3- Mahkum Duygular
4- a-Burası Cezaevi -*Toplatıldı*- b-Burası Da Cezaevi
5- İslam'da Erkek
6- Ne Olur İhanet Etme
7- Ülkemi Arıyorum
8- Biz Bu Vatanın Nesi Oluyoruz
9- Ruhumun Penceresi
10- Kelepçeli Kalemimden
11- Ağlatan Yollar
12- İnsanlar da Kayar
13- Telefonla Röportaj
14- Önce Soru Sorarlar
15- İsimsiz Kitap (Hiciv)
16- Vicdan Azabı
17- Maria
18- İdamlık Genç

2. SERİ:
"İNSANLIĞA ÇAĞRI"

1- İnsanlığın Belgeseli
2- Kıbrıs Sular İçinde Bir Yetim
3- Ben Kimin Kurbanıyım
4- Geri Tepen Kurşunlar
5- Radyo ve Basın Röportajları
6- Televizyon Röportajları
7- Uzaktaki Çığlıklar
8- Geçmişin İzleri
9- Sabıkalı ve Dul
10- Çingene
11- İmamın Manken Kızı
12- Son Pişmanlık Fayda Eder
13- Çin İşkencesi
14- Kadınları Kadınlar da Eziyor

3. SERİ:
"NESİLLERİN ÖYKÜSÜ"
(7'den Yetmişe Herkes İçin)

1- Şirin Köy
2- Küçük Kız
3- Küçük Kelebekler
4- Yılan Yavrusu
5- Kırmızı Elbiseli Kız
6- Satılık Çocuk
7- Topal karınca
8- Küçük Kızın Umudu
9- Hayâl Çocuk
10- Konuşan Serçe
11- Kardeş Sevgisi
12- Depremin Ardından
13- Ağlayan Köpek
14- Ali'nin Dünyası
15- Anne Büyüklere Bir Şey Söyle
16- Baba Sen de Bir Şeyler Söyle

Not: Nesillerin Öyküsü serisindeki öyküler birbirinin devamıdır.

4. SERİ:
"SEVGİNİN SESİ"

1- Hristiyan Gülü *Roman*
2- Harcandık *Roman*
3- Çağrı *Anılar, görüşler*
4- Bunalım *Fotoğraflarla Öykü*
5- Sevgide Hiç Vefa Yok mu? *Roman*

6- Esir Evliler *Roman*
7- Bir Adımlık Koşu *Şiir*
8- Beyaz Devrim Kalemle Başlar
Deneme

5. SERİ:
"BİLGİ SERİSİ"
1- Kılavuz: İslâm'ı Doğru
Anlamak 4 Cilt

6. SERİ:
"CİVCİV AİLESİ"
BEYAZ SERİ
1- Civciv Ailesini Tanıyalım
2- Özür Dileyen Civciv
3- Karşılık Beklemeyen Civciv
4- Soru Soran Civciv
5- Hastalanan Civciv Çimiçimi
6- Civcivin Rüyası

"CİVCİV AİLESİ"
BEYAZ SERİ
1- Civciv Ailesi Kır Gezisinde
2- Suya Dalan Civciv
3- Civciv Ailesi Yardım Ediyor
4- Eşyasını Kaybeden Civciv
5- Civciv Ailesi Dağılıyor
6- Çimi Çimi Meşuy Oluyor

MAĞARADA BİR NEFES

Karla kaplı fındık dalları çok güzel görünür onun gözüne. Bir yanda dik yamaçlara yaslanmış, adeta göğe doğru çıkan fındık dallarının kar tarlası görünümüne bürünmüş görüntüsü, bir yandan da Aksu deresinin coşmuş, yolları kaplamış hali ona gençlik yıllarını hatırlatır.

Buram buram hasret kokusuyla bakar etrafına...

Eski günlerini hatırlamak onda derin bir hüzün meydana getirir. Bir kenarda arabasını durdurup iner ve burnunu çekerek uzun süre izler Aksu deresini. Uzun zamandır geçmediği yerden geçerken duygularında boran oluşur.

Ağlıyordur hiç durmadan. Aksu deresinin coşmuş haline benzetir kendisini. Gökyüzü kurşuni ve beyaz bulutlarla kaplı olduğundan, Aksu deresinin rengi değişmiştir. Daha önce hiç böyle manzara görmemiştir, kendisinin de isimlendiremediği derin hüzün onu sarmaya devam eder. Tekrar arabasını çalıştırdığında "Acelem olmasa, sana saatlerce bakardım, çocukluk arkadaşım Aksu deresi!" der iç çekerek.

Yol boyu dereyle konuşur... Gözyaşları kül rengindeki sakalından süzülürken: "Beni tanıdın mı? Ben gençken hep gelir geçerdim senin yanından... Sen de balık tuttuğumu, sende boydan boya koşu yaptığımı da bugün gibi hatırlıyorum. Oltaya heyecanımı da takar atardım senin bağrına, alırdım ikram ettiğin balıkları. Şimdi ise ne balığı ne de güzelliği görüyor gözüm, kırılma bana. O yoksa, göz zevkim de yok oluyor. Onu bulursam dönüşte seni seyre dalacağım."

Dereli kazasına doğru gaza basan dertli adam iki tepenin arasından, karla kaplı fındık bahçelerini, dağları, kayaları özlemle gözden geçirir.

Aksu deresi, Dereli'nin dağlarından süzülüp Karadeniz'e doğru akar. Bir an önce içindeki ateşi söndürecek damlalara ulaşmak ister.

Yer yer karların eridiği Dereli yolu üzerindeki fındık bahçeleri, insan üzerine düşecekmiş izlenimi vermektedir.

Orta yaşlı adam, Dereli'ye girişteki Kemer köprüsünü geçerken de çok duygusudur. Sabah sabah ortalıklarda kimseler yoktur ve orta yaşlı adam kemer köprüsünden inip ağlamasını artırır, bu defa da kemer köprüsüne seslenir :

"Senin üzerinden geçerek mi gitti o? Onu neden durduramadın Kemer köprüsü, neden? Sen onu tanımadın mı yoksa? O çocukken Dereli'ye gezmeye geldiğimizde senin üzerinden geçerken seninle mutlaka ilgilenir, altından geçen Aksu deresine taş atar, kendince oynardı. Tutsaydın onu Aksu, tutsaydın ne olurdu?"

Dereli'ye girdiğinde üç beş esnafın dükkanını açtığını gördü. Sevinmişti. Otomobilini bir manifaturacının önünde durdurup gözyaşlarını sildikten sonra arabasından çıkıp dükkana girdi. Dükkandaki adama bakıp:

— Selamun aleyküm hemşerim.

— Ve aleyküm selam.

— Kümbet yaylasına gitmek istiyorum da...

Sözünü bölen dükkan sahibi:

— Aman ha, bu havada oraya çıkayım deme. Zaten çıkman da imkansız. Hem kar erimedi, hem de orda şu mevsimde yaşanmaz.

Orta yaşlı adam henüz kurumadığı kirpiklerle adama bakar:

— Ama Kümbet'in eteklerinde benim canım yaşıyor şu anda. Mutlaka gitmem lâzım.

Manifaturacı çok şaşırır:

— Nasıl olur? Oralar kar kaplıdır? Bir yanlışınız olmasın?

— Yok, kardeşim yok, keşke yanlışlık olsa... Keşke hayal, keşke rüya olsa, ama değil.

Dükkan sahibi üzüntüyle bakar misafirine:

— Sen uzun yoldan gelmişsin belli. Şöyle otur, önce bir çay iç. Yeni demledim, evde kahvaltı yapmam da.

Orta boylu adam kalkmış masanın üzerine bardakları koyuyor, bir taraftan da misafirini inceliyordu:

— Seni gözüm bir yerden ısırıyor, ama nerden onu bilemedim.

Orta yaşlı adam, oturduğu yerden, dükkan sahibine dikkatli dikkatli bakar:

— Beni tanırsın. Ben buralı sayılırım. Daha doğrusu Giresun'un içindeniz. Babam buraya bağlı bir köyden arsa almıştı, yaz kış gelirdik buralara. Hele çocukluğumda her hafta buradaydık. Belki de gelmiş gitmişliğim vardır dükkanınıza. Ama bugün hasta mıyım neyim, seni hatırlayamadım. Dişçi Hasan'a gelirdim. Seninle arkadaştık belki de. Ama ben seni hatırlayamadım. Çünkü dediğim gibi herhalde benim aklım başımda değil. Yalnız ben seni neden hiç görmedim. Ben her zaman Dereli'ye gelen bir adamım.

Adam çayı bardağa aktarırken cevap verir:

— Benim tanınacak halim kalmadı ki. Ayrıca çocukken burdan bir gittik, pir gittik. İstanbul'da yaşıyorduk. Bıktık şehirden, memleketimize geri döndük. Anlayacağın daha yeni geldik memleketimize. Beni on yaşından sonra hiç görmedin. Tanımaman da çok normal.

Dikkatlice misafirini süzen yolcu hafızasını yenilemiş gibi devam eder:

— Seni şimdi daha iyi hatırladım. Yahya, sensin değil mi? Vayy, insan ne kadar değişiyormuş meğer! Aksu deresinde az yüzmedik seninle. Balık tuttuğumuzu da hatırladım.

İki gençlik arkadaşı birbirini hatırlar ve kucaklaşırlar. Oturup sohbet etmeye başlarlar. Geçmişten, özellikle giden gençliklerinden bahsederler. Fakat Yahya Bey telaşlıdır... Acele etmektedir. İçi içine sığmadığı çok bellidir.

— Ben gitsem diyorum... Bir at bulsan bana... Mümkün mü?

Yerinden kalkan eski arkadaşı cevap verir:

— Ne demek Yahya! Ne demek! Sen iste yeter. Ben gelene kadar dükkanda dur, zaten bu havada müşteri de gelmez, ben sana bir at bulayım.

Yarım saat kadar bir zaman geçer ve dükkan sahibi beyaz bir atla gelir, yarı şaşkın olan adam atı kapının önüne bağlar. Hemen dükkana girer, çocukluk arkadaşına faydalı olmanın sevinciyle haberi verir:

— Sana harika bir at getirdim. Ama sen bana Kümbet eteklerinde ne işin olduğunu hâlâ söylemedin. Dükkan sahibi zihninde gezinti yaptığını belli ederek devam eder:

— Şimdi daha iyi hatırladım seni. Ulan sen var ya sen, sen çocukken de böyle inattın. Söyle şu meret işini de rahat edeyim:

Yahya Bey dalgın dalgın bakar etrafına:

— Söyleyemem arkadaşım. Oralarda bir canım var desem, uzun uzun anlatmam lâzım. Anlatamam, ama şu kadarını bil yeter. Öder mi bilmem amma günahımın bedelini çekiyorum.

Adam Kümbet yaylası tarafına bakar:

— Allah Allah! Bu havada, kurtlar, ayılar adam parçalar. Bir insanın bu havada oralarda ne işi olabilir? Niye, Allah'ın dağı da, bir köy değil?

— Ben çayımı içtim. Bana müsaade. Arabamı karşıya bıraktım. Anahtarı da masaya bırakıyorum. Akşama dönerim, ya da yarın.

Anlaşılmıştır, Yahya Bey derdini açmak istememektedir. Daha fazla ısrar etmenin anlamı yoktur. Yahya hüzünlü haliyle ata biner Kümbet yaylasına doğru dehler atını... Dereli'den çıkıp Kuşluhan köyüne doğru yönelir. Gördüğü her şey ile konuşmaya başlar: "Ey fındık dalları! Canım aklını yedi. Derdim dağlardan büyük. Bakmayın böyle ağladığıma. Ben ömrüm boyu hiç ağlamadım. Yiğitlik sandım ağlamamayı."

Atın kişnemesiyle kendine gelir Yahya. Bu defa atla konuşmaya başlar: "Ayıp ettim değil mi? Sen varken ben tutup ruhsuz fındıklarla konuşuyorum. Haklısın. Seninle konuşayım. Sen harika bir atsın. Sen beyaz, yer beyaz, dağlar beyaz. Çok yakıştın mevsime. Ama sen yaza da yakışırsın. Ananı babanı hatırlıyor musun, ya da çocukların var mı bilmem, ama can taşıyorsun ya! Birbirimize benziyoruz."

Yahya Bey üşüdüğü için elleri ve yüzü iyice kızarmıştır. Paltosunun önünü daha sıkı örter. Kaşkoluyla başını yüzünü sarar. Gözleri kalır ortada. Aynı hâli daha önce yaşadığını hatırlar. Çocukluğundan gençlik dönemine kadar gelip oynadığı yerlerden geçmek onu çok duygulandırır: "Biliyor musun arkadaşım, ben buralarda ne günler geçirdim. Bir gün gelip de aynı yerlerde bir can arayacağımı bilmezdim. Aynı yerleri gözyaşımla ıslatacağımı hayal bile etmezdim. Senin de hayal etmediklerin başına geliyordur eminim. Şu kış armutlarını, yaz ve kış meyvelerinden yaz ve kış gelir toplardım. Kışın yer elması çıkarırdık. Kar altından toprak kazmak, sonra yer elmasını bulmak, zafer kazanmak gibi gelirdi bize. Hey gidi günler hey! Ne çabuk geçtiniz be!"

Güneş, tepeye yaklaşsa da hava kış soğuğundadır. İnişli çıkışlı yolda giderken bir insana rastlamamış olması ürkütür Yahya'yı. Patika yolu andırır yer yer kar kürtüklerinin oluştuğu tümsekler.

Bu defa sesli sesli ağlar:" Elma ağaçları! Ey kardelenler! Ey yer elmaları siz onu gördünüz mü? Ağlıyor muydu? Bana beddua ediyor muydu!"

İçine ateş düşmüştür bir kere, ne yamaçlardaki kar, ne de Karadeniz fırtınası söndürmektedir o ateşi.

Yahya, uzun süre gözyaşı döktükten sonra bu defa türkü söylemeye başlar:

"Ordunun dereleri
Aksa yukarı aksa
Vermem seni ellere
Ordu üstüme kalksa
Sürmelim amman."

İnlerin cinlerin top oynadığı bu uçsuz bucaksız tenhalık, aslında ürkütmektedir dertli adamı. Yine atıyla konuşmaya başlar:

"Senin ismini soramadım güzel at. Yoruldun mu? Eminim yorulmuşsundur. Ama ne yapayım sen söyle... Beni seninle konuşurken görenler eminim "deli" derler. İnsanlar muamma varlıklardır. Atlar nasıldır, güzel at? Onlar beni seninle konuşurken görse ne der? Siz kendi aranızda insanlar hakkında ne düşünürsünüz?" Atına yaptığı konuşmaları fark ettiğinde duraklar Yahya Bey.

"Mesela ben bir anlık günahımın uğruna bu kadar gözyaşı döküyorum. Ama çevrem benim zalim olduğumu söylüyor. Zalim merhametinden dolayı ağlar mı? Ağlamaz değil mi? Ben ağladığıma göre zalim değilim... İnan bana, ben zalim değilim."

Kendisini atla konuşurken yakalayan Yahya Bey utanır, susar. Birden Kuşluhan köyüne geldiklerini fark eder. Çocuklar kardan adam yapmışlar, essahtan adama benzetmiş, onu yolun kenarına dikmişlerdi. Başına şapka takmayı, üzerine palto giydirmeyi de ihmal etmemişlerdi. Dakikalarca bakar çocukların eserine. Sonra etrafına bakınır. Gözleri bir fındık bahçesinde, üzerinde iki üç tane kış armudu olan ağaçtadır, bir adam o armutları almak için çabalar. Uzaktan bile adamın ne kadar üşüdüğü anlaşılmaktadır. Adamın elleri, burnu donmuştur. Kendisi de sık sık ellerini ovuşturmakta, atın üzengisini tutarken zorlanmaktadır. Bir müddet sağ eliyle tutmakta, solunu cebine sokarak ısıtmakta, sonra el değiştirmektedir.

Biraz durur ve düşünür. Sabah sabah armutları toplamaya çalışan adama akıl erdiremez. Ama düşünür, ne yapacağını bilemez halde selam verir. Adam selamı alır ve hemen ağaçtan iner ve nereye gittiğini sorar:

— Kümbet civarında bir mağara var, şu tepenin eteğinde. Hah işte orda bir mağara var, işte oraya gidiyorum.

Adam, ilginç gelen bu cevabı alınca gözlerini Yahya Beyin yüzünde gezdirir. Hayret ifadesi oluşur adamın derin siyah gözlerinde ve merakla sorar:

— Orda hem de bu havada ne yapacaksın hemşerim?

Attan inen Yahya Bey adama doğru karı yara yara gider. Onunla tokalaştıktan sonra cevap verir:

— Sorma hemşerim! Hikayesi çok uzun.

Şaşkınlıkla Yahya Bey'i dinleyen adam aynı şaşkınlıkla cevap verir:

—Öğlen oluyor. Sen oraya gidersen dönemezsin, gel bu gece misafirim ol. Sabah gidersin.

— Sağol hemşerim sağol, ama kalamam. Bugün orada ki canıma kanıma ulaşmam lazım.

— Ama orada insan yaşayamaz. Bir yanlışlık olmasın?

— Hayır hayır! Yanlışlık yok. O mağara da...

— Yani sen "Orada bir insan yaşıyor" diyorsun öyle mi?

— Ölmediyse öyle. Kar ne zaman yağdı, ne zaman erimeye başladı?

— Son yağıştan bahsediyorsan, kar yağalı on gün oluyor. Üç gündür de erimeye başladı. Senin söylediğin ne zamandır orda.

— İki aydır ordaymış. Benim yeni haberim oldu, İstanbul'daydım. Bilsem uçar gelirdim kurşundan kanatlarla.

Yahya Bey kararlıdır. Ağaçtan inen adam Yahya Beyi engellemek için elinden geleni yapar. Israr ona işlememektedir. Bunu anlamıştır ağaçtan inen adam. Yahya Beye, "Beni biraz bekle." der ve içeri girer. Birkaç dakika sonra bir sahan pancar çorbasıyla sıcak mısır ekmeği getirir, içeriye sokamadığı yolcuya ayak üstü ikramını yedirir. Sonra da sıcak mısır ekmeğinin arasına tereyağı koyarak paket yapar ve esrarengiz yolcuya verir. Bu ilgiden çok memnun olan Yahya Bey yola koyulur. Yol patikadan biraz daha geniştir. Sağlı sollu fındık bahçeleri vardır. Gideceği yol en az bir saat sürecektir. Karamsar bir ruh haliyle yoluna devam eder, biraz ilerledikten sonra aslında biraz ürperdiğini farkeder. Fakat kendisine yüz vermez. Güneş de soğumuş gibi yansır Yahya Beye. Derin yarasını dağa taşa sır verir gibi anlatır: "Bilemedim böyle ağır bedel ödeyeceğimi bilemedim. Ya onun ölüsünü bulursam!" der ve bu defa bağıra bağıra ağlar. Yahya Bey farkındadır anormal tavırlarının, fakat kendisine engel olamaz.

Güneş batı yakasına geçmiştir, birkaç saat sonra batacak Yahya Bey karanlıkta kalacaktır, fakat bu tehlikenin hiç farkında değildir.

Saatler sonra hava karardığında Yahya Bey farkına varır tehlikenin. Çünkü yanlış yolda saatlerce gitmiştir. Binbir çile içinde geri döner. Ne yapacağını bilmemektedir. Bir taraftan kurtların, ayıların saldırısı tehlikesi de vardır.

Her taraf karla kaplı olduğu için aradığı mağaranın yolunu da kaybeder. Daralmıştır yanık yüreği. Telaşlanmaktadır. "Ya ölürsem, o zaman ne olacak? Aman Allah'ım! Meseleyi halletmeden benim canımı alma." diye Allah'a yalvarır. Geri dönmeyi düşünür, fakat dönemeyeceğinin idrakine varır. Çünkü yolu göremeyeceğini, bulamayacağını bilir. Gök kubbenin altında sıkışıp kalmıştır. Artık tek çaresi vardır, şart ne olursa olsun onu aramak. Kar'ın beyazlığının verdiği ışıktan faydalandığı kadarıyla arar mağarayı. Artık donacağına iyice kanaat getirir. Ağlayarak seslenir karlı dağların eteğinde. "Maksimilyaaaan! Maksimilyan! Beni duyuyor musun?"

Yahya Bey'in sesi dağlar da yankı yapar. Fakat kimseden ses gelmez. Nerdeyse donmak üzeredir. Ölmekten değil, büyük günahının sonucundan korkmaktadır. Bu önemli görevini yapmazsa daha büyük günah işleneceğini bilmektedir. Duayı sıklaştırmaya başlar bu defa: "Allah'ım!

Alma canımı. Bunca yıl hediye ettin bana biraz daha lütfet."

Atın üzerinden iner, diz boyunu aşan karda bu defa mağaranın olduğu yöne doğru epeyce yürür ve yine seslenir karanlığı yırtarcasına: "Maksimilyaaan! Duy beni oğlum ne olur duy beni!"

Hiç ummadığı bir anda, iki yüz metre kadar uzakta bir ateş yandığını görür Yahya Bey. Buna çok sevinir. Ateşi görmenin çoğu kez insan görmek anlamına geldiğini bilmektedir. Yahya Bey attan iner. Atı önünde ateşe doğru yürür. Hiçbir şey hissetmeyen bacakları kuru bir ağaçmış gibi gelir kendisine. Ayağının donduğuna sıranın bedenine geldiğine inansa da ateşe doğru yürür geceyi delercesine.

Çok geçmeden ateşin olduğu yere ulaşır. Gözleri yuvasından çıkmış gibi hisseder kendisini. Yine seslenir oğluna ve ateşin olduğu yerden cevap gelir:

— Bana seslenen kim!

Derin bir nefes alan Yahya Bey ağlayarak cevap verir:

— Oğluuuum! Oğlum ben ben baban!

Yahya Bey artık mağaranın önündedir. Oğlu Maksimilyan da mağaranın önüne çıkar, şaşkın şaşkın sorar:

— Baba! Gördüğüm cin mi yoksa sen mi? Pardon sen misin? Hayırdır nerden nasıl geldin? Niye geldin? Nasıl geldin baba? Beni burada bulamazsın sanıyordum.

— Gelmez miyim oğlum? Ne o! Beni gördüğüne sevinmedin mi?

Şaşkınlıkla babasına bakmakta olan genç, kızgın olduğu babasına, kızgınlığını belli etmeden cevap verdi:

— Ya, nasıl geldin? Bu havada niye geldin?

— Senin için geldim tabi. Bunu anlamayacak ne var? Ama ben donuyorum. Atım da donuyor. Ben ne saçmalıyorum böyle? Gel, önce sana bir sarılayım.

Baba oğul birbirine sarılırlar.

Maksimilyan ateşi mağaranın önünde yakmıştı. Gündüz avladığı yaban keçisini kızartıyordu. Babasını mağaranın içine sokmuştur. Dışarıda yanan ateş içeriyi ısıtıyordu. Maksimilyan babasına kazak verir, leğene su koyar ve babasının elini ayağını soğuk suya koydurur. Biraz öyle kalmasını söyler ve atın yanına gider. Atı biraz ilerdeki kayanın kar girmemiş oyuntusuna yerleştirir. Fakat ata ne yedireceğini bilmez. Kendine ait her ihtiyacını temin etmiştir Maksimilyan. Gaz lambasından battaniyelerine kadar her şeyi vardı, fakat at için hiçbir şeyi yoktu. Mağaraya girdiğinde babasına sorar:

— Baba! Hayırdır ya! Sen neden buradasın?

Ellerini sudan çıkaran Yahya Bey gözlerini oğlunun yüzüne çevirmiştir. Babasının kendisine anlamlı anlamlı baktığını gören Maksimilyan, hemen gaz lambasını yaklaştırıp babasına tekrar bakar. Babasını ağlamaktan gözlerinin şiştiğini görünce Maksimilyan anlamazdan geldiğinden sorar:

— Hayırdır baba! Annem mi öldü?

— Allah gecinden versin oğlum. O ölürse ben de ölürüm.

— Peki bu havada niye geldin?

— Senin için yavrum. Annen iki gün önce söyledi bana. Telefon açmışsın. Duyar duymaz atlayıp uçağa Samsun'a geldim. Ordan otobüsle Giresun'a. Eve geldim anneni perişan gördüm. "Mağarada yaşıyorum." demişsin. Ben de hemen hatırladım. Annene "Merak etme, o mağarayı biliyorum, zaten ona orayı ben göstermiştim." dedim. Bugün yola koyuldum. Sen nasıl böyle bir delilik yaparsın? Burada yaşanır mı? İki aydır büyük şehirlerde seni arıyorum. Hadi gidelim oğlum buralarda yaşanmaz.

— Ben yaşarım baba. Cennet'le evlenirsem beni öldüreceğini sen söylemedin mi?

— Sen laf dinlemiyorsun oğlum. Sana, "O kızla asla evlenemezsin." diyorum; ama sen aldırmıyorsun oğlum. Yine sözümdeyim. O kızı alırsan seni öldürürüm. Benim başka çarem yok, evladım. Ne olur anla beni, anla da beni evlat katili yapma.

Maksimilyan babasının gözlerine uzun uzun bakar. Anlayamaz babasını. Akıl sır erdiremez böylesine keskin bir tavıra. Aklına kötü şeyler gelir fakat babasına söyleyemez. Sonunda tahammülü kalmaz, ama babasına âsi gelir diye korku yaşamaktadır. Sabırlı olmak için Allah'a yalvarır. "Ya Rabbi! Aman Ya Rabbi! Beni babama âsi gelmeden meselemi hallet."

Babasını battaniyeyle iyice sardıktan sonra ateşte kızarmakta olan yaban geyiği etini babasının önüne koyar:

— Ben, gördüğün gibi burada gayet güzel yaşıyorum baba. Seni katil yapmamak için, sabırla mücadele ediyor, "evet" diyeceğin günü heyecanla bekliyorum. Daha ne yapmamı istiyorsun baba?

Babasının birden ayağa kalktığını ve üzerine hışımla yürüdüğünü görür.

Gözlerini dehşetle açan baba, büyük bir kaya yutmuş gibi hisseder kendini.

— Oğlum! Beni katil yapma! Şu kızın adını anma. Buralarda da kurtlarla ayılarla yaşama. Beni diri diri öldürme... Beni kahretme... Beni dünyaya geldiğime pişman etme.

Maksimilyan'ın yerde serili olan seccadesini ayağıyla ittikten sonra bağırır:

— Namazını burada da bırakmamışsın. Allah ne diyor? Ana babayı dinle diyor. Ama sen ne yapıyorsun?

Oğluna hırsla iki üç tokat patlatır:

— Sen ne biçim evlatsın! "O kızdan sana kadın olmaz. O Avrupa da yetişti." diyorum beni dinlemiyorsun.

— Avrupa'da yetişti diye gavur mu oldu baba? Vatanımıza milletimize sahip çıksaydınız da milleti Avrupa'da çalışmaya mecbur etmeseydiniz, ben ne yapayım? Canımın bir parçası Avrupa'da doğdu diye suçlu o veya ben miyim?

— Avrupa'da yetişen kız bizim aileye yakışmaz.

— Ahlak bozuksa bir insanda o insanın ahlakı her yerde bozuk baba. Düzgünse her yerde düzgün. Sanki bizim ülkemizde Avrupa'da büyüyen kızlardan çok daha beterini sen görmedin mi? Hem, Cennet beni on üç yaşından beri seviyor. Seven kızdan korkma. Bu tokatlarının sebebini anlayamıyorum baba! Bir şey diyeceğim çıldıracaksın. Ama çıldırsan da içimdekini daha fazla içimde tutamayacağım. Yoksa milletin dediği gibi Cennet de senin gözün mü var?

Babası şok halinde bakar oğluna. Birkaç saniye baktıktan sonra omuzları çöker:

— Sus! Terbiyesiz! Bu nasıl söz?

— Nasıl söz baba! Beni delirtmeyi göze aldığına ve, bu kadar şiddetle karşı çıktığına göre, başka ne olabilir? Akıl erdiremiyorum. Mağaraya kaçtım yine kurtulamıyorum. Baba! Cennet yoksa ben yokum tamam mı? Evinden çıktım. Büyük günah olmasa, alacağım Cennet'i tutacağım bir sandal, ikimizin de ayaklarına taş bağlayıp denize bırakacağım. Ama olmuyor... Olmuyor! Allah'ın verdiği canları ben alamıyorum. En yapabileceğim şey insanlardan kaçmak, Kümbet yaylasının eteklerin de yaşamak. Bunu da mı çok görüyorsun baba? Benden ne istiyorsun?

Soruya cevap vermez Yahya Bey. Kalkar biraz gezinir, oflar sızlar, yarım saat kadar hiç konuşmaz. Daha sonra biraz yatışmış olarak cevap verir.

— Burada yaşanmaz. Aklını başına al. Hastalansan ne olacak? Kurtlar saldırırsa ne yapacaksın?

— Kurtlar mağaraya giremez. Bak, her gece ağaçlarla kapatıyorum. Hastalansam Kuşluhan köyüne giderim. Orda iyi insanlar dolu. Bak gördün bir selam verdin, adam eline tereyağlı ekmek vererek yolcu etti seni. Böylesine insanlığı diri kalmış insanların yakınındayım. Bana bir su veren bulunur. Kurtulmuş köyü... Güdül köyü... Yani, Cınbırlık mevkiine yakınım. Dua et, Afrika ormanlarına kaçmadım.

Küçük bir oda büyüklüğündeki mağarada, battaniye sırtında sinirinden gezen Yahya Bey, artık küfrediyor, kendi kafasını yumrukluyordu:

— Bir kız yüzünden buralarda sürünecek misin oğlum? Martın yirmi ikisinde ayılar inlerinden çıkarlar. Sen bunu biliyor musun? Ben bir babayım. Senin burada olduğunu bile bile kaloriferli dairemde nasıl uyurum? Sen baba yüreği nasıl yanar bilir misin? Bilemezsin. Madem kastın evden ayrılmak, ayrıl, git bir şehre. "Her köyde marangoz atölyesi açmak kampanyası başlatacağım." diyen sendin. Güzel hayallerin vardı. Dön hayallerine. Ama sen değil o projeni hayata geçirmek hazır mobilya dükkanını kapattın. Kapatma, benden kaçıyorsan git bir şehirde dükkanını aç. Hiç olmazsa insan gibi yer içersin. Burda ne yapacaksın! Ne yiyeceksin buralarda! Nasıl yaşayacaksın? Farkında değilsin, ama ruhsal yönden iyi değilsin. Burada da yaşayamazsın.

— Yaşarım baba. Kışın kar kürtükleri gibi yaşarım. Gerekirse kurtlanırım... Gerekirse dağlarımdan biriken kar yığını olurum kendi ovalarımda, ama şehre gitmem baba. Cennet'siz bana zindan olan Giresun da bir daha beni göremeyeceksin. At dikeninden it dikeninden yatak, çam kozalaklarından yastık, böğürtlenden kuşburnundan komposto yaparım ölmeden yaşarım. Yarın göreceksin, burda her şeyi buluyorum. Kış armudu, fakaz armudu, laz armudu, orak armudu hepsi bizim için. Daha sonraları kiraz çeşitleri, er kiraz, sulu kiraz, kara kiraz, kızıl kiraz, napolyon kiraz hepsi var bu topraklarda. Gerçi, fındık dikmek için bu meyveler yok edilmeye başlandı. Ama benim için her zaman yiyecek var. Bak yatağım yorganım da var. Kitaplarım da var. Beni düşünmene gerek yok baba. Küfürlerini de sana hiç yakıştıramıyorum.." "Mertlerin sözleri de mert olur." derdin. Ne oldu baba?

Biraz utanmıştır Yahya Bey. Hafif kızararak cevap verdi:

— Beni sen böyle yaptın.

— Ama "Asil azmaz, bal bozulmaz." diyen de sendin.

— Beni çıldırtıyorsun oğlum! Aklım başımdan gidiyor. Sen benim evladımsın. Seni kaybetmek beni nasıl mahvetmez? Kendini benim yerime koysana.

Yahya Bey artık fenalık geçirmek üzeredir. Uzun süre ağlar.

Maksimilyan babasının karşısına oturur, o da ağlamaktadır. Sonra derin derin bakar mağara duvarına dayanmış babasına:

— Baba!

— Söyle.

— Sen beni neden anlamıyorsun baba? Sen aşk nedir bilmez misin? Hani anneme sevdalık çekmiştin. Onun sesini duyabilmek için onların, kışın serentilerine girip, fasulye turşusu ile kiraz tuzlaması, elma armut kurusu yiyerek günlerce orda yaşamıştın. Kışın soğukta, bazen de aç kalarak serentide hem de haftalarca yaşamadın mı baba? Bunları bana sen anlatmadın mı?

— Yaşadım, ama benimki normal aşktı. Ama seninki?

— Asıl benim ki normal baba! Oğlun bir kızı seviyor. Helalinden sevgi. Kahpe erkekler gibi gezmek, eğlenmek niyetiyle de değil, evlenmek niyetiyle. Sen bile anneme mektup gönderirken onunla fındık kırmak niyetiyle onu gezmeye davet etmişsin. Sonradan aşık olunca evlenmek istemişsin. Bense onu ilk gördüğümde "Aradığım kız bu." dedim. O ise beni daha çocukken görmüş ve çok beğenmiş. Benim haberim bile yoktu. Eee, bu aşkın neresinde anormallik var?

Yerinden kalkan Maksimilyan dolaşırken geçmişte gezinir, âdeta hayatının bir bölümüne ait filmi geri sardırır.

* * *

Maksimilyan mobilya mağazasını açmıştır. Giresun'daki küçük mobilya mağazası içinde mobilya tamiri de yapmaktadır. Maksimilyan çok çalışkan biridir. Köylerde atölye kurma projesi üzerine çalışmalar yapar. Bilir kişilerden bu projenin tutup tutmayacağı konusunda fikir sorar. Köylünün bu yollarla şehirlere göçünün engelleneceği görüşündedir. Fakat uygulayamaz. O yine de fikrinin önemli olduğuna bir gün başaracağına inanır.

Maksimilyan bilim teknik ve dini bilgiler üzerine yayınlar okur. Aile efradınca çok sevilen ve sayılan kişiliktir o.

Kuyudaki sudan elektrik üretmiş, fakat kimse ilgilenmeyince mucit olmanın Türkiye'de pek önemi olmadığı yargısıyla o işleri bırakmıştır.

Sözüne sadıktır Maksimilyan. Keyfi olarak sözünde durmayanlarla arkadaşlık yapamayan bir karaktere sahip Maksimilyan'ın "hassasım" dediği değerleri vardır. Çevresinde, şakacı, namuslu ve bilgin genç olarak bilinir. Atletik yapılı olmaya çok önem veren Maksimilyan son aylarda kendini iyice bırakmıştır. Her şeyin başlangıç yeri mobilya mağazasıdır.

Bir gün bir genç kız gelir. Elindeki fiskos masasını göstererek ayağının kırıldığını, tamir edip edemeyeceğini sorar. Maksimilyan genç kızın duruşunu çok beğenir. Konuşması tam onun istediği gibidir. Çok etkilenmiştir Maksimilyan. Genç kızı takip eder, evini öğrenir. Genç kızın asil tavırları Maksimilyan'ın gözlerinin önünden hiç gitmez, kararlıdır Maksimilyan, bu genç kızı bulacak, kim olduğunu, bir sevdiği olup olmadığını ve fikir yapısını öğrenecektir. Bir gün genç kızın verdiği fiskos masasını bir kadın almaya gelir. Maksimilyan stratejik davranır. Masayı kim verdiyse ancak onun alabileceğini söyler. Birkaç gün sonra aynı genç kız mecburen gelir, masasını alır parasını öder ve gider. Maksimilyan'a göre kızların çoğu erkeklerle konuşurken kendisini beğendirmek ister. Ve tavırlarında vakar dışı değişim oluşur. Fakat Cennet çok hanım hanımcık duruyordur. Başı açıktır; ama hakiki tesettürlü kızlar gibi duruşu vardır. Erkekleri gördüğünde değişen bir tavır görmemek Maksimilyan'ı bir kat daha kendisine hayran bırakır. Günler sonra mağazanın önünden geçer genç kız, bunu fırsat bilen Maksimilyan bir daha bırakmaz kızın peşini. Onunla evleneceğini ailesine anlatır. Fakat babası, kızı ve ailesini tanıdıktan sonra şiddetle itiraz eder. Fakat Maksimilyan kararlıdır, bu kızı alacaktır. Genç kız Maksimilyan'a dikkatli baktığı bir gün, Maksimilyanı çok sevindiren sözler söyler. "Ben küçükken buraya geldiğimde sen gençlerle top oynardın, ben de seni seyrederdim. Yıllarca her zaman hatırladım seni. Ama mağazada yüzüne dikkatli bakmadığımdan, bir de sakallı oluşundan seni tanıyamadım." der ve Maksimilyan'ı beğendiğini belirtir. Böylece ilk evlilik sözleşmesi ikisinin arasında yapılır. Ardından kontrol edilemez bir ateş yakar Maksimilyan'ı. Genç kız

Almanya'ya döner. Her gün ona mektup yazar. Cennet de cevap verir."Sakın bana ihanet etme." diye sık sık tembihler. Maksimilyan da ölüm hariç onu asla bırakmayacağını söyler ve şeref sözü verir genç kıza.

Sevmiştir Cennet'i, vurgundur ona. Babasının onunla evliliğe izin vermemesi Maksimilyan'ı hasta etmiş, dükkanını kapatmış sonunda yatağa düşmüştür Maksimilyan. Babasına yalvarır aylarca. Fakat babası izin vermez, şiddetle karşı çıkar bu evliliğe. Bunalıma giren Maksimilyan, babasına acı vermek için dağlara savurmuştur kendini.

Hayallerinden sıyrılan Maksimilyan yalvarırcasına babasına bakar:

—Baba! Ya Cennet benim olur, ya da ben cehennem ateşinde, ama bu mağarada yanarım? Boşuna nefes tüketme. Benim için iki şık var. Ya sevdiğim kız ya mağara.

Oğlundaki kararlılığın hâlâ devam ettiğini anlamıştır.

— Sabah olunca konuşalım yine. Belki kendine gelirsin. Hem Avrupa'da evlenenlere "ithal damat" diyorlar. Sen de mi ithal damat olacaksın? Lan oğlum aklını başına al. Neyse yarın konuşalım:

— İthal damat mı? Olurum ne var? Ona kavuşayım da adıma ister ihraç desinler ister ithal. Benim için bütün bunlar mühim değil. Ayrıca, insandan ithal olmaz baba.

— Gururun incinmez mi?

— Benim gururum o kadar ucuz mu? Millet ithal damat diyecekmiş diye sevdiğim kıza ve kendime eziyet mi edeyim? Ya da onu kaybedeyim mi? Millet nasılsa hep olumsuz konuşuyor.

— Karın sana, "Aç karnını ben doyurdum, sayemde Avrupa gördün." derse ne yaparsın?

— Ben asil bir kızla evleniyorum. Asiller öyle sözleri akıllarına bile getirmez. Ayrıca ben karımı o derece sinirlendirmem, bu sözü söyleme sebebi oluşturmam ki. Hem, her insan aşırı kızınca ağır konuşabilir. Ben insan fıtratını biliyorum baba. Peygamber metoduyla tanıdım ben insanı.

— Sen, şerefini de kaybettin demektir bu. Ben bir kadından bu ağır sözleri duymaktansa ölmeye razı gelirim. Demek oluyor ki, artık delikanlılık yok sende. Zerre kadar babanın damarından damar almamışın. Annenden emin olmasam, oğlum olduğundan şüphe ederim.

— Baba! Ne olur, onuru ucuzlatmayın. Kendinize kadınlarınıza her ağır sözü söylersiniz, kadınlar size bir ağır kelime söylerse ölürsünüz. Yiğitlik bitti sanırsınız. O kadar yiğitseniz kendi ağzınızdan çıkanları da kontrol etsenize. Sizin onurunuz var da eşlerinizin onuru yok mu? Misafirimsin baba. Hoş geldin bile diyemedim sana. Baba yanlışlar zincirleme gidiyor. En iyisi susmam olacak.

— Tabii, dünya umurunda değil. Ama ben yanıyorum. Annenden ayrılmayı göze alabilsem anlatırdım yangınımın sebebini, ama şart ettim anlatamam. Sen de hiç mi hiç umursamıyorsun beni, dünya umurun da değil.

Maksimilyan babasının gözlerine acı acı bakar:

— Demek umurunda değil ha! Onun için mi mağaradayım baba? Onun için mi insanlardan kaçtım? Onun için mi dengesizleştim? Bana hayret veriyorsun baba! Sadece kendi dünyanla ilgilisin. Dön de biraz benim dünyamı gör. Ben büyük ve zor bir savaşta can çekişiyorum, hâlâ göremiyor musun?

* * *

Ertesi günü yakın köyden yorgan isteyen Yahya Bey oğlunu ikna edinceye kadar onunla kalmaya kararlıdır. Bu defa güzel güzel konuşacaktır. Oğluna, onun mağarada uzun süre kalacağını kabul etmiş görüntüsü vermek için ne gerekiyorsa onu yapıyordu. Mağaraya döndüğünde oğlunu ekmek yaparken görünce şaşkınlıkla sorar:

— Demek sen ekmek yapıyorsun ha? Sac bile almışsın. Sen bayağı buralı olmuşa benziyorsun. Ben de bir hemşerimden rica ettim, tarlasından yiyip de gidelim diye patates çıkardım.

— Zahmet etmişsin baba. Ben de de bir çuval patates vardı, hazırlıklı geldim. Kar üç ay erimese de yiyeceğim var. Kelem bile var, kara lahana kelemi. Yani baba, ben bu hayata karar verdim. Bazen korkuyorum, ama onun da tedbirini aldım. Mağara ağzına gördüğün gibi ağaçlarla kapatıyorum. Silahım var. Yiyeceğim var. Beni düşünme baba. Zaten yazı bekliyorum. Cennet gelince nikah yapacağız.

— Unuttun galiba, sana ne diyorum, o kızı alamazsın diyorum.

— Sen de beni anlamıyorsun. Ben delikanlıyım baba. Yıllardır sevdiğim kızı, bana güvenmiş, umutlarının yatırımını bana yapmış bir kıza ihanet edemem. Bir yürek hayal kırıklığından dolayı kırılırsa bir daha kolay kolay kendine gelemez. Ve o insan artık kimseye güvenemez. Zaten onsuz yapamam ki. Ona verdiğim sözü bir kenara bırakalım. Ben onsuz dünyayı göremem artık.

Oğlundan duyduğu bu sözle çarpılmışa dönen Yahya Bey, hışımla oturduğu yerden kalkar. Adeta delirmiştir. Oğlunun yakasından tutup mağara duvarına çarpar. Şuurunu kaybetmiştir. Silahını çekip oğluna doğrultur:

— Bu mağarayı sana mezar yaparım... Şerefsizim seni yaşatmam...Öldürürüm ulan seni! Beni delirtme. Söyle, hemen o kızdan vazgeçeceğini söyle!

Yahya Beye mağara dar gelir, oğlunu yakasından tuttuğu gibi mağara dışına sürükler. Vakit öğle vaktidir ve şiddetli kar yağmaktadır. Kar üstünde oğlunu epeyi tartaklayan çılgın baba, kendisini zaptedemiyordu. Karın üzerine fırlatır Maksimilyan'ı, Kar üzerinde boğuştuktan sonra Maksimilyan bağırır:

— Kendine gel baba! Delirdin mi?

Kardan ikisinin de yüzü zor görünmektedir. Kar yağışı daha da hızlanmıştır. Yahya Bey oğlunun sorusunu zor duymuştur. Cevap verirken silah yine Maksimilyan'ın şakağındadır.

— Gebertirim ulan seni! Bir kız yüzünden hem kendi hayatını mahvettin, hem de benimkini. Kız mı yok ulan?!

Sesini alabildiğince yükselten Yahya Bey, hem ağlıyor hem bağırmaya hakaret etmeye devam ediyordu:

— Nedir ulan senden çektiğim! Dünyada Cennet'ten başka kız mı yok?

Kar üstünde uzanmış Maksimilyan babasından iyice korkmuştur. Bir taraftan da düşünür ve babasındaki tavra anlam veremez. Ama babasının ciddi olduğunu anlar. Ölmemek için mücadele etmenin Allah'ın emri olduğunu hatırlar, onur meselesi yapmadan babasına yalvarmaya başlar:

— Yapma baba! Evlat katili olma! Hapislerde yatmak çok zor baba! Bir saat sonra geçecek sinirini yatıştırmak uğruna, ölene kadar hapislerde çürüme baba... Bir dakikalık yiğitlik için ömür boyu ceza evinde kölelik yapma baba, yalvarıyorum sana. Ayrıca insan öldürmek büyük günah.

Yahya Beyin kardan beyazlamış kirpikleri altından yuvasından çıkmış gözleri iyice dönmüştür. Maksimilyan babasını ilk defa böyle görmüştür. Oğlu yerde olduğu halde, bir ayağını oğlunun omuzuna bastırıp silahı dayar ve bağırır:

— Cennet'ten vazgeçtiğini söyle bana!

Maksimilyan babasının çıldırdığını anlamıştı. Çaresi yoktu. Babasına yalan söyleyerek durumu kurtaracaktı:

— Tamam baba. Senin dediğin olsun.

Silahı oğlunun şakağından çekmeyen Yahya Bey teyit istiyordu:

— Yemin et. Beni aldatmıyorsun değil mi? Eğer aldatıyorsan ölürsün tamam mı?

— Tamam baba.

— O halde buradan hemen gidiyor muyuz?

— Gidiyoruz baba, yarın sabah gidelim.

— O kızın ismini bir daha ağzına almayacaksın değil mi? Biliyorsun, yanımda olan bir evladım sensin. Biri Amerika'da. biri Kanada'da, ablan İstanbul'da. Hepsini özledim, ama hepinizi bu iş uğruna feda ederim. Söz değil mi, o kızın adını anmayacaksın.

— Anmayacağım baba.

— Öyleyse gidelim.

— Gidelim baba.

Silahını beline koyan Yahya Bey yine ağlar;

— Sağol yavrum. Beni katil olmaktan korudun. Zaten sana kurşun sıktığım an, kendime de sıkardım. Ne kötü durumlara düştüm. Ben ki, senin ayağına diken batmasın diye gözümü verirdim. Beni günahım bu durumlara soktu. Sen kendini kurtardın, ama ben vicdan azabından ölüyorum. Komik durumlara düştüm oğlum. İzzetinefis sanma bunu.

Saatlerini krizle geçiren Yahya Bey, sonunda yatışmıştır.

Mağaranın ağzında yaktıkları ateşin karşısında baba oğul beraber ısınırlar.

Maksimilyan, ateşin kenarın da pişirdiği patatesi babasına uzatıp yüzüne bakmadan verince, Yahya Bey kırılmıştır:

— Ayıp ama oğlum, ikram yüze bakılmadan verilmez. “Zıkkım ye!” der gibi bir şeydir bu, bir daha yapma. Bir de çay yap içelim ve hazırlık yapalım.

Maksimilyan babası ne derse onu kabul etse de, niyeti bu defa başka yere kaçmaktı. Babasına buğday unundan cırtla yapar. Tereyağlı cırtlayı özlemiştir babası. İçine peynir de koyan Maksimilyan cırtlayı babasına verir. Vakit ikindiyi geçmiştir. Maksimilyan üzüntülü haliyle eşyalarını hazırlar:

— Baba! Bir atla ikimiz birden Dereli'ye inemeyiz. Bu karda kışta yaya da gidemeyiz. İstersen sen burada kal. Ben atla gideyim, bir at daha bulup geleyim. Hatta iki at bulayım. Bunca eşyayı nasıl götüreceğiz? Sadece kitaplarıma bir at lazım.

— Atlara yükleriz. İki at yeter.

— Hayvanlara yazık olur baba. Hem bizi hem bunca kitapları, mısır unu, yatak yorgan ve kap kaşığı nasıl taşısınlar. Ben buraya gelirken ilerdeki sapağa kadar kamyonetle geldim. Eşyaları bırakamam da, anneme yemin ederek söz verdim. Hem unutmayalım baba, hayvanlar da birer ümmettir.

— Tamam tamam üç at olsun. Gidelim de nasıl gidersek gidelim.

— Baba bir gece daha kalsak olur mu? Belki karanlığa kalırım. Hani, kar da gidip gelmek zor ya onun için söyledim.

— Tamam. Sen gelmeyi kabul ettin ya ben bir ay bile kalırım. Sen nasıl istersen.

* * *

Baba oğul sohbete başlarlar. Yahya Bey oğlunu ikna etmiş olmanın sevinciyle neşeli neşeli konuşur:

— Eskiden kervan yolu buradan geçerdi. Annenle yeni evliyken Kotana mevkiini gezerdik. Annen köyü özlemiştir, diye bir şüpheye girsem, hemen onu köye getirir, üzümden, keşküle kadar her şeyi ona sanki o daha önce görmemiş gibi, kimini tefeğinde kimini dalından göstermek bana zevk verirdi. Acırım şehir kızlarına ve şehir erkeklerine, dalından bir meyve koparmadan bu dünyadan geçip gidiyorlar. Annen köyü çok severdi. Ablan da sevdi. Her mevsimde annenle beraber getirdim onu buralara. Yer elmasına çok şaşırırdı. Çavuş üzümünü, kokulu üzümü dev ağaçlarda gösterdim ona. Şehirde büyümek aslında acı bir şey bence. Onunla pezikten mısır toplamaya kadar her şey yaptık. Her tarafı gezerdik. Annen gibi ablan da serentiyi gelin süsler gibi süslerdi. Beni dinliyor musun Maksimilyan?

— Dinliyorum baba.

— Haa! İyi! Dinle, dinle. Ne diyordum peki?

— Annem gibi, ablamda serentiyi gelin süsler gibi süslemiş.

— Aferin. Kimin oğlusun be! Harfiyen söylüyorsun. Evet gelin süsler gibi serentiyi süslerdi. Mısır koçanlarını, fındık dallarını, kırmızı acı tatlı biberleri, kabak teveklerini aklına ne gelirse, her şeyi, kadın saç örgüsü gibi yapar serentinin dışına asardı. Keşkülleri de dizim dizim dizerdi. Öyle güzel bir görüntü olurdu ki görsen. Allaah! Saraylara değişmezdin.

İkisi de birbirine rol yapıyor, sanki o ağır tartışmaları onlar yapmamış gibi görünüyorlardı. Aynı taktikle Maksimilyan sordu:

— Peki fareler yemez miydi onları?

— Aferin soru sorduğuna göre beni iyi dinliyorsun demektir. Annenle bir kış geçirdik köyde. Serentide kış armudu olduğu zaman, "Kış armudu iyice olmuş. Kokusunu duyuyorum." derdi. Kışın ağaçta kalan kış armutlarını ağaca çıkıp toplardı. Haa, "Fareler yemez mi." dedin. Serentinin altın da ayaklarının üzerin de kütükten kesilmiş yuvarlak fare koruyucusu sayesinde fareler oraya çıkamazdı. Merdiven konursa o zaman iş değişirdi:

— Ne güzel! Yan etkisiz çözüm bulmuşlar. Eski insanlar da zekilermiş, ama ülkeyi nasıl batırmışlar veya hasta adam yapmışlar anlayamadım.

— Sözümü kesme. Bizim kuşakta hiç olmazsa bir Topal Osman vardı. Sizin kuşakta ne var da bizi beğenmiyorsun?

Maksimilyan babasına cevap vermez. Oğlunu evine götürebilmenin sevinciyle hiç durmadan konuşan baba bölge tarihinde gezinmeye devam eder.

— Bizim dönemimizde şehirde yaşayanlar köylülere "Kırıklı" köyde yaşayanlar şehirde yaşayanlara "Canikli" derlerdi. Şehirli köylüye köylü şehirliye iyi gözle bakmazdı. O yüzden çok yanlışlar oldu. Ama siz zibidiler bizden betersiniz. Biz küçümsedik. Siz öldürüyorsunuz. Hiç merhametiniz yok. Neyse bunları bırakalım. Siyaset adamı mı olacağız?

— Vatan millet olaylarını sadece siyaset adamı mı bilmeli baba?

— Sus şimdi sus! Benim heyecanımı kesme. Nerde kalmıştım? Haa, köyde annenle mantar toplardık beraberce pişirirdik. Acı mantar, tavuk mantarı, fındık mantarı, güllük mantarı, post mantarı, içi kızıl mantar, pırpır mantar, şu parmak gibi olan mantar, şalvarlı mantar hepsinden toplardık. Ahh o mantarlı güzel günler! Kelebekler gibi uçarak geçti. Mantar toplamak çok farklı bir zevk. Acırım köy görmemiş insanlara. Annene kışın kardelen toplardım. Şehirli kadınlar çiçek hediyesini çok severler ya, annen de şehirleşmişti ya da küçüklüğünden beri öyleydi de ben bilmiyordum belki. Nergis, sümbül, papatya, orman gülü, sarı avu çiçeği ne bulursam ona toplar götürürdüm. Kardelen ilkbaharı müjdeler. Bilir miydin, kardelen ilkbahar çiçeğidir. İnsanların çoğu onu kış çiçeği sanır. Halbuki kardelen çıktığında kar hâlâ duruyorsa karı yarıp üste çıkar. Yeme içme onu seyret. Köy böyle güzelken sırf geçim derdine bıraktık köyü kasabayı. Devlet her beldeye fabrika yaptırsaydı, yani önayak olsaydı, özel sektöre moral verseydi de, her beldeye bir fabrika kurdurtmayı başarsaydı köylü bir yere gitmezdi, ama olmadı. Neyse. Beni dinliyor musun?

— Dinliyorum baba.

— İyi, iyi dinle.

Devamlı konuşan babanın düşünemediği bir gerçek vardı. Kendisi sevdiğine kavuşmuş, sevdiğine kavuşma anılarını anlatıyor, oğlunun bunu izlediğini düşünemiyordu. Maksimilyan, babası sevdiğine kavuşmuşluğunu anlatırken için için kinleniyor, bunu babasına söyleyemiyordu. Fakat kararı kesindi, Giresun'a gidince birkaç gün annesiyle kalacak sonra yine kaçacaktı.

* * *

Yahya Bey oğlunu ikna etmenin sevinciyle, sabahın erken saatinde kuş avına başlamıştı bile. Maksimilyan at almak için Dereli'ye gitmişti. Yahya Bey oğlunu kurtarmış olmanın sevinciyle mutluydu. Türküler söylüyordu karlarda bata çıka.

"Ordunun dereleri
aksa yukarı aksa
vermem seni ellere
Ordu üstüme kalksa
sürmelim amaan."

Akşama doğru atları yükler, baba oğul Dereli'ye doğru yola girerler. Baba oğul birer atla giderlerken şen şakraktı Yahya Bey. Maksimilyan hüzünlüdür, fakat babasına belirtmez. Babasını izler. Babası kuşlara bile selam verecek psikolojidedir. Bazen de nara atmaktadır.

Her taraf yine karla döşeli hava yine soğuk, ama Yahya Beyin içinde yaz gelmiş, onun gözünde içindeki kar ısınmıştı artık.

Maksimilyan sessiz durur. Yahya Bey, oğlunun sessizliğini fark edince duraklar:

— Sen niye konuşmuyorsun? Benim kral oğlum bana kırgın mı?

— Niye kırılayım ki? Sen kırılacak bir şey mi yaptın baba?

— Öyleyse anlat bakalım iki aydır domuz, geyik, kurt gibi hayvanlar gördün mü?

— Hayır! Birkaç kez tilki çakal, elik keçisi gördüm. Bir de yaban keçisi vurdum.

— Ah beni görseydin gençliğimde ne geyikler avladım. Nice kuşları indirdim. Ayıdan porsuğa, porsuktan tavşana kadar görmediğim hayvan türü kalmadı. Gençliğimde, arkadaşlarla beraber senin mağaranda çok kaldık. Avımızı orada pişirir yerdik. Ne müthiş günlerdi o günler! Şehirde koktuk kaldık be. Çocukluk günlerimi öyle özlüyorum ki, anlatamam. Bak sana bir hatıramı anlatayım. Babam bir gün bana bir kitap getirmişti. O zaman dokuz yaşında filanım. Kitapta bir çocuk şiiri vardı:

Kaplumbağa ile kirpi yarış etmiş.
Hayvanlar da onları seyretmiş.
Ala karga kirpiyi desteklemiş.
Kara tavuk hırsından tepinmiş.

Kara karga küs küs bakmış karışmamış
Bıldırcın uzak durmuş alkışlamamış
Şahin kaplumbağayı desteklemiş açıkça
Kaplumbağa da coşmuş alkışlandıkça

Biliyor musun oğlum bu şiiri okuduğum zaman, gerçekten hayvanlar arasında böyle bir yarış olmuş zannettim. Öyle bir hayvan topluluğu görmek istedim. Nasıl oldu bilmiyorum, bir de baktım ben hayvansever olmuşum. Beni dinliyor musun?

—Dinliyorum baba.

— Söyle bakayım en son ne söyledim?

— Bir de bakmışsın hayvan sever olmuşum.

— Aferin be. Senin aklın gerçekten başında. Böyle âşık olmaz, sen her sözü duyuyorsun. Buna sevindim, hem de çok sevindim. Ne diyordum. Hayvansever olmuşum. Öyle hayvansever insan sevmezlerden değil ha, hem hayvan seviyorum, hem insan seviyorum. Sana bir şey söyleyeyim mi oğlum, hayvan sevmeyenler taş kalpli olurlar, onlar insan da sevmiyorlar bence. Ben öyle hayvan severim ki, aç kaldığımız bir zemheri ayında bir kedi gelmiş bulgurumuza yapmış yapacağını, toprak sandı galiba, pekmezi dökmüş. Fırın darısını da ben döktüm serentiden inerken. Sebep yine aynı kediydi. Ayağına basmışım, cıyaklayınca panik yaptım bir çuval darıyı çamura döktüm. O kediyi hain biri olsa öldürürdü, ben fiske vurmadım. Çünkü o masum bir hayvan. Osmanlı döneminde sana söylediğim gibi Kuşluhan'dan geçermiş kervan yolu. Rahmetli dedem kervan yolundan geçen kervanları izliyormuş, kervandakiler biraz gürgen fındığı toplamışlar. Bu arada kervandan hasta bir köpeği de atmışlar yol kenarına. Dedem o köpeği almış. Eve getirmiş. Yumuş yıkamış. Sonra ayağına tentürdiyot dökmüş, sarmış sarmalamış. O zamanlar tentürdüyotun yaraya zarar verdiği bilinmiyordu. Beni dinliyor musun?

— ...

— Oğlum beni dinliyor musun?

— Efendim baba, bana bir şey mi diyorsun?

— Bak bak beni dinlemiyorsun. Aklın nerde? Aklına söyle, zararlı mıntıkalarda dolaşmasın. Güvercin gibi uçsun aklın nereye varacağını önceden bilsin! Sakın ha Cennet isimli kıza gitmesin. Cennet'ten başka kız mı yok? Ondan gayrı güzel mi yok. Sana istediğin kızı alırım. Kahve rengi gözleri olan bir kız...

— Baba kahve rengi senin sevdiğin göz rengi olabilir. Benim sevdiğim rengin ne olduğunu biliyor musun?

Babasından gelecek cevabı beklemeden kendi içine dalmıştı Maksimilyan. Mırıldanıyordu "Gerçi benim için her renk güzeldir. Gözleri hiç olmayan kız bile olsa, kalp gözü görüyorsa, o gözler güzeldir. Benim göz sahibinden istediğim şey, beni ben olarak görmesi... Olduğum gibi görmesidir."

— Oğlum ne konuşuyorsun, duymuyorum. Kar serpintisi yüzüme vurunca kulağım duymuyor nedense:

— Bir şey söylemedim baba. Kendi kendime konuşmuşum.

— Bak seeen! İşte ben kendi kendine konuşan insandan hep ürkmüşümdür. Karşısındakiyle konuşamayan kendi kendine konuşur.

ASİL MAHKUMLAR KOĞUŞU

Maksimilyan annesine derdini dökerken ağlamaktadır. Annesi Zeynep Hanım oğlunu teselli için dil döker.

— Ben de anlamadım babanı oğlum! İnsan itiraz eder, babanın itirazı başka bir şey. Alıp başını mağaralara gideceğine, beni kahredip yataklara düşüreceğine al kızı kaçır oğlum... Baban delirmiş sanki. Hani sevmenin ne olduğunu bilmese anlarım. Cennet'in anası aradı. O da şaşkın. "Biz ne yaptık Yahya Beye, gençleri neden ağlatıyor?" diye dert yandı kadın. Haklı, kız tarafı, üstelik ana bu, ona rağmen, kadına helal olsun, sevenleri kavuşturmaya çalışıyor. İşte ana bu.

Maksimilyan bu habere çok sevinmiş, siyah gözlerinin içi gülmüştü. Hazır babası da evde yokken duygularını sıralıyordu annesine:

— Anne, insan böyle insana saygı duyuyor. Şimdiden kadının anne ruhunu görüyorum. Helal olsun. Avrupa'da ne oldum delisi olmamış. Bu yaz Cennet'i isteyelim anne. Babam duymadan nikah yaparız. Sonraki yıllarda görelim Mevlâm neyler. Sanıyorum zaman geçtikçe babam değişir.

— Tamam oğlum. Ölene kadar arkandayım. Yeter ki bir daha mağaraya gitme.

— Anne!

— Efendim.

— Bence anne sensin. Ya da, ikinizde tam annesiniz. Bu iyiliğini unutmam güzel annem.

* * *

Umutla bekleyen Maksimilyan yazı iple çeker... Cennet'i dört gözle bekler. Evlilik moduna girmiştir Maksimilyan.

Yahya Bey aslında çok iyi insandır. Neden böyle yaptığını kimse bilmez, akıl sır erdiremez. Maksimilyan, babasının bütün arkadaşlarını ona aracı kullanır. Oğlunun ısrarlı olduğunu anlayan baba ağlayarak yalvarır Maksimilyan'a. Babasının bu durumuna her geçen gün daha çok şaşıran Maksimilyan yine annesine açar derdini:

— Anne! Babam insan değil mi anne? Bu adam beni öldürecek. Bir hafta sonra Cennet annesiyle geliyor. Babası "Gidin nikahı yapın." demiş. Evlenip çıkacağım babamın karşısına. Başka çarem yok.

Maksimilyan'ın konuşmalarını öteki odadan duyan Yahya Bey kendini kaybeder. Elinde bıçakla gelir, hızla gidip oğlunun göğsünü hedef alır. Fakat Maksimilyan yana dönünce bıçak koluna saplanır. Oğlunda kan gören Zeynep Hanım fenalık geçirir. İlk travmayı atlattıktan sonra kocasına saldırıp bağırmaya başlar:

—Katiiil, katil! Azdın sen azdın! Ölümüne susadın sen! Sana ne oluyor be Allah'ın cezası adam! Komşulaar, komşular yetişin!

Yahya Bey şok halinde bakıyordu oğluna. Bıçak elinde dona kalmıştı. Birden bıçağı yere fırlatan Yahya Bey oğlunun üzerine abanır.

Maksimilyan durumu kendi lehine çevirme planıyla uzanmış kıvranmaktadır. Zeynep Hanım oğluna sarılan Yahya Beye şiddetli bir tekme indirir. Fakat Yahya Bey duymaz bile karısından yediği tekmeyi.

— Oğluuum! Canım yavrum! Ne olur sakın ölme... Sakın ölme yavrum. Ben ne yapacağımı bilmiyorum. Kendimi kaybettim. Hadi seni doktora götüreyim.

Zeynep Hanım panik halinde ağlamaktadır. Yahya Bey komşusu Ahmet'le Maksimilyan'ı merdivenlerden indirmeye çalışmakta, hiç durmadan ağlayarak oğluna yalvarmaktadır:

— Yavrum! Babanı affet yavrum!

Maksimilyan kan kaybederken babasının bu duygusallığını değerlendirmek ister:

— Bir şartla affederim. Cennet'le evlenmeme karışmayacağına dair söz ver.

Gözleri fal taşı gibi açılan Yahya Bey sesindeki hüznü bozarak cevap verir:

— Onunla evlenirsen, sözümdeyim, seni öldürürüm! Avrupa'da köle mi olacaksın? Kızların evlenip Avrupa'ya götürdüğü erkekler kan ağlıyor.

Sadece kolundan yara alan Maksimilyan yaka paça merdivenlerden indirilirken laf yetiştirmeyi özellikle sürdürür.

— Benim arkadaşlarım çok memnunlar baba. Dört arkadaşımın biri mutsuz. Aynı şey burada evlenenlerde de oluyor.

Merdivenden yaka paça indirilen Maksimilyan inlemeye devam ederken Yahya Bey cevap verir:

— Bak oğlum! Seni ellerimle boğarım. Mağarada verdiğin sözde dur! O kızı alamazsın. Beni daha fazla sinirlendirme.

Otomobiline atlayan Yahya Bey hanımına tembih eder:

— Sakın bana laf etme hanım. Canım burnumda zaten... Hayatta seni hiç incitmedim. Kalbini kırarım.

Zeynep Hanım kocasına nefretle bakar:

— Sen zaten ölümüne susadın. Doksan defa çıldırsan da oğlum o kızı alacak. Bari niye istemiyorsun onu söyle. Adamı delirtme.

Yahya Bey ağlamaklı haliyle hanımına yalvarır:

— Ne olur beni anla! Söyleyemem hanım. Söyleyemem canım. Söyleyemem sürmelim. Gelmeyin üzerime...

Hadi oğlum öne atla. Seni niye kucakla taşıdık ki, senin kolunda problem var ayağında değil ki.

Hastaneye geldiklerinde Maksimilyan ameliyata alınır, Yahya Bey de ifade verir. Düşünemez hapis yatacağını. "Ben yaptım, sinirimden yaptım." der, kanuna göre sinirle kan dökmeyi mazeret sanır. Olup biteni doktora, ve yanındaki polise anlatır. Apar topar tutuklanıp hapse atılır Yahya Bey. Maksimilyan ise bir gün sonra taburcu olur.

Bir anlık hırsla olanlar, bir ailenin tepesine kara bulutları yığmıştır. Herkes şaşkındır bu işe. Olay hakkında destan bile yazılır.

Bir baba ki kıymak istedi baharındaki oğluna
Bıçağı acımadan indirdi, kalbi diye koluna.
Zalim baba oğlunu güldürmedi.
Kıskandı sevdiğinden, öldürmeyi denedi.

Şeklinde başlayan destan, iki sayfa olarak dağıtılır. O tarihlerde, destan en güçlü yayın organı sayılmaktadır. Zeynep Hanım artık farklı açıdan bakıyordu olaya: "Bu adam ne istiyor, bunu araştıracağım." demeğe başlar.

* * *

Maksimilyan "kaza oldu" demeyi düşünür; fakat o gün akıl edemediği, babasının da kendi itirafı olduğu için hapse girer... Maksimilyan hukuki konuda hata yaptığını geç anlar. Ve "Kaza oldu." diyerek babasını kurtarmak için çok uğraşır... Avukatlar tutar, amcaları devreye girer. Konu komşu çok üzgündür. Zeynep Hanım ise tepkilidir. Kocasını ziyarete gitmemek niyetindedir. Bir türlü anlam veremediği olayları gözden geçirir.

Geçmişten başlar zihnen çalışmaya. Cennet'in annesi Cennet'i birkaç yıl önce getirdiğinde kocası Cennet'le çok ilgilenmiştir. Şimdi hatırlamaktadır Cennet'e ilgiyle baktığı günü. Çok derin derin bakmıştır. Arkadaşının bahçesinden topladığı kirazı, Cennet yoldan geçerken önünü kesmiş ona vermiştir.

Olayları hatırladıkça Zeynep Hanımı kıskançlık krizi tutmuştur. Yerinde duramaz. Evine gelip gidenlerle doğru dürüst ilgilenemez bile. Kıskançlığın böylesini ilk defa yaşamıştır. Kocasından ummadığı bir durumdur bu. Şimdiye kadar ondan şüphe bile etmemiştir. Hep sevgili, hep saygılı olmuştur kocası. Bir kez bile kalbi kırılmamıştır ona şimdiye dek; ama artık kırılmaktan çok öte, kalbinde depremler, yıkımlar olmuştur...

Zeynep Hanım ilk iş Cennet'e telefon açar ve ağzını arar:

—Cennet, Yahya amcana seni neden istemediğini sorsaydın diyorum.

Cennet hemen cevabı verir:

—Sordum, sormaz olur muyum?

— Ne dedi?

— Oğlumdan daha iyilerine lâyıksın. Ben sana öyle birini bulacağım ki, Maksimilyan'ın yüzüne bile bakmayacaksın, dedi. Beni kırdı. Herhalde stres içinde. Sonra düzelir. Eminim o beni çok seviyor:

— Yaa! Demek seni çok sevdiğinden eminsin. Hayırlısı kızım.

* * *

Yahya Bey donuk ifadelerle koğuşa göz gezdirir. Perdesiz ve kırık camlar... Aşırı kirli ve boyası dökülmüş duvarlar... Ve duvara asılan artist resimleri... Sıra sıra ranzalar vardır. Kendisini ceza evinde bulmanın şokunu yaşasa da aklı oğlundadır. Fakat Yahya Bey canibinde olaylar farklıdır. Yahya Bey ceza evinden içeriye girdiğinden beri hâlâ kendinde değildir. Koğuşa girdiğinde dakikalarca etrafa bakar. Bu durumu fark eden koğuş ağası Zır Ali, Yahya Beye yaklaşır:

—Hoş geldiniz. Hayırdır! İnsandan kazık görmüş gibi bakıyorsun bize. Bir durum mu var? Varsa söyle anadın mı? Varsa bilelim, ona göre gerekeni yapalım anadın mı?

Ne olduğunu anlayamayan Yahya Bey sadece çevresine bakar Zır Ali'ye. Bu durumu fark eden Zihni gelir:

—Hoş geldiniz. Buyurun şöyle geçin. Yatak yok, ama bugün boşalan bir ranza var. Samandan bir de şiltesi.

Zır Ali içerlenir Zihni'ye:

—Sen yerine geç, mahkum yerleştirme işi benim işim. Ben ne söylersem o olur burada.

Yahya Bey ranzasına geçip oturur. Başını ellerinin arasına koyar içli içli ağlamaya başlar. Mahkumlardan Uzun Mehmet, Yahya Beyin yanına gelir:

—Bizim koğuşta bir asalet farkı olsun diye bir mahkum geldiğinde hemen başına üşüşüp suçunu sormuyoruz. Ama ben senin suçunu merak ettim. Galiba istemeyerek işlediğin bir cinayetin ardından pişmanlık çekiyorsun. Ben anlarım insanı, çok pişmansın? Doğru mu eğri mi konuştuğum?

— Doğrusu var tabii. Şükür ki cinayet olmadı.

— Hiç üzülme buraya alışırsın, kimdi öldürmek istediğin şerefsiz?

— Oğlum!

— Nee! Oğlun mu? Yapma be! Ne yaptı da çileden çıktın be abi? İnsan oğlunu kolay kolay öldüremez. Sana bir yamuk yapmıştır. Eğri mi doğru mu söylediğim? Dileriz ölmemiştir abi. Ağlama artık.

— Sağol hemşerim.

— Sen de Sağol.

— Senin suçun ne?

— Cinayet abi.

— Kimi öldürdün?

— Bir iti abi. Konuşmaya değmez.

— Akraban mıydı?

— Yok be abi. Benim akrabamda öyle soysuz çıkmaz. O bir soysuzdur abi. O bir insan müsveddesi hayvandı.

— Keşke öldürmeseydin, şimdi ölene kadar hapis yatacaksın çok kötü. Allah sabır versin.

— Ben onu öldürmeseydim o beni öldürecekti. Ben canımı kurtardım. Mezara girecektim hapse girdim. Hapishane mezardan daha iyi değil mi? Daha iyi. Hiç olmazsa oraya gitmeden biraz hazırlık yaparız. Doğru mu eğri mi konuştuğum?

Yahya Bey üzülmüştü:

— Çoluk çocuk var mı?

— Var abi, sağ olsun kardeşim bakıyor.

— Hanımın?

— Sorma abi. Sorma gitsin… Abi ya, senin şansından sana şilte düştü. Ama merak etme Zır Ali yatak temin eder.

— Senden başka adam öldüren var mı bu koğuşta?

— Var var. Şu duvara dönük adam üç kişiyi öldürmüş. Şimdi çok pişman.

— Pişman olması insanlığındandır. İnsan hatasını gördüğünde pişman olmalıdır.

Uzun Mehmet, Yahya Bey'i derdinden uzaklaştırdığını düşünüp mutlu olur.

Yahya Beyin tekrar, koğuşta gezinir gözleri. Beş ranza vardır. Bütün koğuşta ranzalar iki kattır. Kimi mahkumlar uyumaktadır, kimi kendisine bakmakta. Bir mahkum sazıyla türkü söylemektedir. Şaşırır Yahya Bey, bu gürültüde uyuyanlara bakarkalır. Duvarlardaki resimlere ilişir gözü. Gözlerinin rastladığı gözlerin sahipleri bazı mahkumlar ona gülümser, bazısı surat asar sanki. Mahkumların ranzasına göz gezdirir. Dünyayla ilgisini kesen mektupçu Âşık Hüsnü hariç herkesin dert ortağı vardır.

Koğuşta âşık Hüsnü'nün sesi yankılanır:

— Heyt be! Ayşe'ye bir mektup yazmışım. Bu mektupla beni değil bir sene, yüz sene bile bekler. Bana böyle bir mektup yazılsa ben ölüme giderim Kur'an çarpsın, ölüme. Mahkumların türkücüsü Türkücü Hasan dedikleri mahkum da türkü söyler:

Senin için ben dünyayı omuzladım.
Ne gördün yükümü ne de beni anladın.
Bilmem bakışına ben nasıl aldandım.

Başımı taşlara vurdum sevdiğim.
Verdiğim sözde durdum sevdiğim.

İnsan olan insana yaptığın yapmaz.
Ölür ecel koynunda ama ağlatmaz.
Bir seven sevdiğini böyle bırakmaz.

Rahat mısın ben öldüm söyle sevdiğim.
Gerçek yüzün ben gördüm böyle sevdiğim.

Âşık Hüsnü, Türkücü Hasan'a bağırır:
— Abi, azıcık ara ver türkü söylemeye de, şu mektubu

okuyalım. Senin sevdan benimkinin yanında adını söyleyemez.

Türkücü Hasan kızar bu söze:

— Benim sevdiğimi bir daha diline dolama olur mu? Dün ne anlaştık? Asil mahkumlar koğuşu olacaktık. Birbirimize kaba davranmayacaktık. Argo konuşmayacaktık. Ne oldu?

Âşık Hüsnü gülerek cevap verir:

— Ayıpsın abi! Biz her racona uyarız. Ben İç Anadolu Bölgesinin bağrından çıktım. Sözüm sözdür. Karadenizliler de mert olur, sözünde dururlar. O halde mesele düşer abi.

— Daha düzgün konuşsan... Ceza evine giren illâ ağzı burnu eğdirilmiş kelimeler kullanmak zorunda değil ya. Bak çok düzgün konuşanlar var.

Ranzasından bu konuşmaları izleyen Yahya, hâlâ kendine gelememektedir.

Âşık Hüsnü, ısrarla mektubunu okumak ister, fakat mahkumlar onun mektup okumasından bıkmışlardır. Aşık Hüsnü soluğu Yahya Bey'in yanında alır ve koğuşa seslenir:

— İsterseniz dinleyin be! Ben de yeni abime okurum. Siz ne anlarsınız âşığın derdinden.

Yahya Beyin yüzüne bakarak sorar:

— Sen anlarsın değil mi?

Yahya Bey ağır tavırla konuşuyordu:

— Tabii anlarım. Bir zamanlar benim de Zeynep'im vardı.

Aşık Hüsnü hemen ranzanın önüne diz çöküp sorar:

— Vah vaaah! Neden kavuşamadınız abi?

— Kavuştum çok şükür.

— Öyleyse niye "Zeynep'im vardı." diyorsun abi?

— Bilmem herhalde o günlerin tatlı acısını hatırladım?

— Anlatsana abi.

— Şu anda anlatamam. Derdim var ve bu konulara girmeye hiç müsait değilim:

— Öyleyse benim mektubumu okuyalım abi, aşık âşığın derdini anlar.

Yahya Bey, ister istemez kabul eder, ama aklı oğlundadır haber alamaz. Karısının ve akrabalarının artık onun yüzüne bakmayacağını sanmaktadır. Henüz girdiği ceza evine alışmadan gönül işleri dinlemek için psikolojisi hiç müsait değildir, ama söyleyemez. Aşık Hüsnü karşı ranzaya oturup mektubu okumaya başlar:

"Güzellerin en güzeli, özellerin en özeli Ayşem. Yine merhaba... Yine ben. Sorma sakın neden? Âşığa neden sorulmaz. Aşık hasretten yorulmaz. Aşık için başka yâr da olmaz."

"Bak sana otuz günde otuz mektup yazıyorum. Ama senden sadece dört mektup alıyorum. Böyle şey olur mu canım? Sen beni neden kırıyorsun? Sen neden beni sormuyorsun? Kısacık bir mektup yazıyorsun. Anlıyorum biriciğim, aslında benim seni sevdiğim kadar sen beni sevmiyorsun. Ama olsun. Ben yine de razıyım."

Aşık Hüsnü birden mektubu okumayı bırakıp sordu:

— Sahi, sen neden buraya geldin? Suçun neydi? Haa! Hatırladım oğlunu vurmuştun. Yahu niye vurdun oğlunu?

Aşık Hüsnü sorusunu bitirmemişti ki, liseli mahkumun sesi duyuldu:

— Hasan ağabey cevap burada, bugünkü Giresun gazetesinde yazıyor. Abimiz oğlunun sevdiği kızla evlenmesine karşı çıktığı için onu vurmuş.

Aşık Hüsnü nefret dolu bakışlarla gezinir Yahya Beyin yüzünde:

— Yazıklar olsun sana abi! Görünüşte gönül ehline benziyorsun. İnsan sevenleri ayırır mı be? Yazık değil mi onlara?

Birden ayağa kalkan Aşık Hüsnü bağırır:

— Sen şiltede yat tamam mı? Sana çok bile bu şilte. Daha biraz önce sana acıyordum ceza evinde yataksız yorgansız kaldı diye. Beter ol be! Şuna bak! Sevenleri ayırıyor zalım.

* * *

Debboy caddesinde yaşayan Yahya Beyin ailesinde hüzün hakimdi. Zeynep Hanım ise hüznü çok aşmış âdeta sinir küpüne dönmüştü. Evlerine geçmiş olsuna gelenlerin içinde ağzını tutamayanlar kocasının hakkında konuşuyordu:

— Ben de sonunda şüphelendim bu işten. Bence baban o kıza aşık.

Maksimilyan birden yattığı yerden doğrulup annesine çıkışmaya başlar:

— Anneee! Senin ağzından çıkanı kulağın duyuyor mu? Öyle şey olur mu anne?

— Neden olmasın? Delidir ne yapsa yeridir misali. Baban o kız geldiğinde onu mutlaka görüyor. Şimdi geliyor gözümün önüne. Kıza bir bakışı vardı babanın, gözleri alev alev yanıyordu.

Konuşması bitmeden kapı çalınmış, Zeynep Hanım kapıyı açınca komşusu Zeliha ile Hacer'in geldiğini görmüştü. Hacer'i geveze diye kimse sevmezdi. O da Yahya Beyi hiç sevmezdi. Nerede arı varsa, oraya çomak sokmasını seven Hacer'in olumlu konuştuğu hiç görülmemişti. Olumlu konuşmak bir kültür işiydi, Hacer'de ise hakaret kültüründen başka bir şey yoktu. Kapıdan girer girmez fırsatını bulmuş tuhaf sözler ediyordu:

— Annen haklı Maksimilyan. Valla haklı. Kapıdan duydum konuştuklarını. Babanda bir şey olduğu belli. Bu kadar karşı gelmek olmaz ki. Bir de "Karımı çok seviyom, bu kızı istememe sebebini söylersem, karımdan ayrılmam şart olur." demişti, bana. Bu nasıl söz anam? Şaştım valla.

Bu sözü duyan Zeynep Hanım hepten çılgına dönüyordu artık:

— Duy oğlum duy. Bu söz bir delildir. Baban sevdiğin kıza aşık.

Maksimilyan bu söze bile tahammül edemiyordu:

— Anne! Anne ne olur böyle konuşma! Kalbim acıyor anne. Ruhum acıyor anne. İçimin en derinlikleri acıyor. Gözünü seveyim sus anne!

— Nasıl susayım oğlum! Sana mı yanayım kendime mi? Benim bu acıya dayanmam mümkün mü?

Zeynep Hanım evin içinde durmadan dolaşıyor, Hacer de hiç durmadan ateşi körüklüyordu:

— Haklısın Maksimilyan. Anam bu nasıl adam böyle? Oğlunun sevdiği kıza gönlün kaysa bile, o gönülün ağzına iki tokat indireceksin.

Hacer'le beraber gelen komşu Zeliha, Hacer'in konuşmalarına dayanamaz:

— Hacer ayıp olmuyor mu senin yaptığın? İnsan böyle durumlarda yapıcı konuşur. Sense ikide bir araya giriyor, devamlı yangına körükle gidiyorsun.

Pişkindir Hacer:

— Na'pim anam? Dayanamıyom. Fidan gibi oğlanı kara toprağa gönderiyordu. Onda hiç mi vicdan yok?

Zeliha Hanım daha fazla sinirlenmişti:

— Ne olur sus! Olumlu konuşmanda bile olumsuzluk var.

* * *

Herkese yayılmıştı Yahya Bey hakkındaki olumsuz görüşler. Oğlunun sevdiğine göz koyan olarak anılıyordu artık. Yahya Beyin arkadaşları da kınıyordu onu. Yahya'nın ağabeyi ile kardeşlerinden başka ziyaretine giden yoktu.

Maksimilyan da, annesi de perişandı. İkisi de Yahya Beyin adını birbirlerine anmıyorlardı. Fakat Maksimilyan babasını kurtarmak için çabalıyordu.

Ana oğul başbaşa kaldıkları bir gün Maksimilyan konuyu dağıtmak için farklı soru sordu:

— Anne! Benim adımı babam neden Maksimilyan koydu biliyor musun?

— Biliyorum, ama söyleyemem.

— Neden söyleyemezsin?

— Nedeni yok oğlum, söyleyemem. Söylersem babandan nefret edersin.

Maksimilyan kahvaltı sofrasını kaldırırken gülümsedi:

— Anne! Sen biliyorsun, babam aşık olduğum kıza aşık. Kabul etmesem de senden saklasam da galiba gerçek bu. Ve ben haklı olarak ondan zaten nefret ediyorum. Söyle şu sebebi. Her sorduğum da üzerini kapatıyorsun. Ama ismimi duyan herkes Müslümanda böyle isim olur mu, diye şaşırıp soruyor, ne diyeceğimi bilmiyorum. Askerliğimi yapmış bir adamım, ismimin manasını ve konma sebebini hala bilmiyorum. Anne sence biraz ayıp olmuyor mu?

Zeynep Hanım heyecanla cevap verdi oğluna:

— İsminin kaynağını söyleyeyim oğlum. Mağaradaki adamlardan birinin adı. Kur'an'da varmış onlar. Ashab-ı Kehf denirmiş onlara:

— Onu bende biliyorum anne. Neden benim ismimi Maksimilyan koydu? Müslümanlar bu ismi koymazlar.

— Dedim ya söyleyemem, üzülürsün.

— Ben de dedim ya anneciğim üzülmem diye. Hiçbir şey beni içinde bulunduğum durumdan daha fazla üzemez.

— O halde söyleyeyim, ama kimse duymasın oğlum, senin baban Ermeni.

— Yani?

Annesi şaşırır:

— Ne yani?

— İsmimle ne ilgisi var?

— Aaa! Babanın Ermeni olduğuna üzülmedin mi? Bu senin Ermeni kanı taşıdığını gösterir.

Maksimilyan gülümseyerek bakar annesinin gözlerine:

— Yoo! Buna üzülmedim. Temelde bütün insanlar tek kandan aldılar ve kanın şereflisi şerefsisi olmaz anne. Hem biliyorsun ben ırkçı değilim anne. Neden üzüleyim? Allah'a şükür Müslümanım. Her ırktan Müslüman olunur. Eee ismimle ne alaka?

Anne şaşkın şaşkın, oğluna bakarken gözlerinden mutluluk ışığı parlar. Heyecanla soruyu cevaplar:

— Bu ismi sana deden taktı. Biz de bir şey diyemedik... Ama konuyu açman iyi oldu, rahatladım.

— Hangi konu da?

— "Neden bana bir Ermeni baba seçtin?" dersin diye yıllardır bu sırrı saklıyordum. Öyle acılar çektim ki anlatamam. Babam babanı çok sevdi. O da senin gibi söylerdi. "Alçak Ermenilerin canı cehenneme, dürüstlerin de dokuz canı cennete." derdi. Ama halkımızda doksan ırk var, doksanı da kendi ırkını en üstün ırk sanıyor. Hüneri ırka malediyorlar. Ben de Türk'tüm, çevrede babamın Ermeni olduğunu kimse bilmez. Yıllarca uykularımdan sıçradım hep.

— Bilmediğin için konuyu büyütmüşsün anne. Sen, babam Müslüman olmasaydı onunla evlenmezdin ben bunu biliyorum. Bana göre önemli olan dini inançta bütünlüktür. Kimsenin ırkı kendi elinde değil ki. Neyse anne, lüzumsuz lüzumsuz çile çekmişsin. Keşke daha önce söyleseydin. Yanlız, aklımın karıştığı bir yer var. O da şu; mademki babam ırkını saklıyor, neden ve nasıl ismimi Maksimilyan olarak kabul etti? Irkını gizleyen bir Ermeni bu ismi verir mi?

— Aslını istersen saklamasını ben istedim. Baban aleni olarak "Ben Ermeniyim." derdi. Benim ricamdan sonra sakladı. Oturduğumuz mahalleyi de değiştirdik, kimse bilmiyor.

— Şimdi oldu işte. Babamın yapısına uygun bir tavır olmuş. Bunları boş verelim anne, ben sana başka şey söyleyeyim. Babamın bu aşktan kurtulması için çalışacağım.

— Bana babandan bahsetme. Yakında mahkemeye verip ondan boşanacağım:

Maksimilyan annesine çay verirken devam etti:

— Anne! Yanlış düşünüyorsun. Bak, senden ayrılmayı göze almamış. Bu çok mühim. Öylesine büyük fırtınayla boğuşuyor ve seni terk etmeye yanaşmıyor. Bunu takdir etsene.

Zeynep "sahi mi" der gibi oğluna bakar.

Aslında böyle bir teselli beklemektedir. Çabuk yatışır.

Aradan günler geçer, ama Zeynep Hanımın ruhsal takviminde yıllar oluşur. Siniri her geçen gün azalan Zeynep Hanım, iki duyguyu beraber yaşarken, eşinden gelen mektupla ne yapacağını, nasıl karar vereceğini bilemez olur. Elindeki mektupla evin içinde dolaşırken dedikoducu Hacer gelir. Hacer her zamanki gibi araştırmalı halini sergilemiş, sorulara başlamıştır:

— Ne oldu? Kocandan haber var mı?

— Var. Mektup yazmış.

— Gız anam, herifte utanma da yoka. Ne yüzle yazdı acaba?

Zeynep Hanım biraz kızgın cevap verir:

— Ne bileyim. Demek ki yüzü yokmuş.

Maksimilyan Hacer'e kızıyordu. Odasından annesine seslenmeyi tercih etmişti:

— Anne! Babamın mektubunu oku Hacer ablaya da, Hacer abla rahat etsin.

Hacer bu söze alınmıştı:

— Gız anam, ha bu oğlun ne demek istiy he?

— Amaaan konuşuyor işte. Sen ona aldırma.

Çok sinirlenen Maksimilyan yüksek sesle cevap verir:

— Konuşunca hayırlı konuşmak lâzım. Ben bile babama sizin kadar hakaret etmiyorum. Belki de biz aşık hikayesini uyduruyoruz. Babam mektubun da "Şart olsun ki o kıza bir kez bile kötü gözle bakmadım." diyor. Babam, Allah'a edilen yemine o kadar önem vermez, ama şart etmek onun için çok mühimdir. Doğrusu bu mektuptan sonra ben babamın kuru bir inat uğruna karşı çıktığına iyice inandım. Bu mektuptan sonra şüphem bile kalmadı ve ben hemen babamın ziyaretine gideceğim. Zalim örfün kurbanı olmuş babam. Batılı kızların hepsini onlarca erkekle düşmüş kalkmış sandığı gibi, Batıdaki Müslüman kızları da öyle yüzsüz arsız sanıyor. Yargılar kolay değişmez.

Hacer biraz utanmıştı.

— Öyle mi?

Maksimilyan:

— Öyle.

— Yani?

— Yani öyle işte.

— Siz bilirsiniz. Belki doğrudur. Ama mektubu merak ettim. Bi de ben okusam.

Maksimilyan:

— Eşler arası mektup okunur mu Hacer abla? Siz kültürden bahseden bir hanımefendisiniz.

Hacer çok kızdığı zaman kelimelere dikkat etmeden konuştuğu için, onun kızmış olduğunu hemen anlarlardı. Kızgın değilken şehirli hanımlar gibi konuşmaya çok özen gösterir, kızdığında aslına dönerdi. Zeynep Hanıma döner:

— Gız anam, ha bu oluna bi şey de da. No li ki buna? Bana gıcık mı ne?

Maksimilyan:

— Hayırlı ağızdan şer sözler çıkmamalı değil mi?

— Aman! Sen de başıma müftü kesildin. Zeynep ha bu oğlan böyle değildi deme? Bunu kim bozdu?

Maksimilyan bu hakarete umulmadık şekilde tepki gösterir:

— Ben yüzlerce dini içerikli kitap okudum. Ayrıca on sekiz yaşımda, Osman Yüksel Serdengeçti'yi tanıyalı böyleyim. Hani beni hep överdiniz, şimdi ne oldu?

— Eskiden çok efendiydin. Şu çalı bacaklı kızı seveli delürdün iyice.

Maksimilyan hırsla Hacer'in karşısına geçer. Sinirli olduğunu belli eden ses tonuyla sorar:

— Hacer abla, sen her an birinin aleyhinde konuşmaya mecbur musun? Hani o kız çok güzeldi, daha önce öyle diyordun, şimdi ne oldu?

Zeynep Hanım oğlunun tavrından utanmıştı:

— Oğlum! Mağara sana yaramamış. Senin gibi biri bir insanı utandırır mı?

— Anne! Bu sorunla sen de beni utandırdın. Demek ki insan bir yerden sonra dayanamıyor. Daha önceleri Hacer ablayı hep ikaz ettim arabulucu konuşsun diye. Anlamıyor. Hatta, baktım tehlike büyüyor:

— Baa bak Maksimilyan! Daha dün paslı bacaklı, dal kıran saçlı bir çocuktun. N'oldu da şimdi bize akıl veriyon? Bak, sevdiğine göz koyan babanı affediyon ben sana nettim ki, beni afetmiyon?

Maksimilyan bu defa sakin sakin cevap verdi:

— Ben babamı içten affettim demedim, bu bir. "Ona yardım edeceğim." dedim bu iki. Anneme teselli verdim bu üç. Ben zaten sevdiğimi alıp Giresun'dan ölene kadar uzaklaşacağım. Babama yardım etmem başka şey, karımı ona göstermemem başka şey. Adam eğer ona aşıksa, onu suçlamam ki, sadece tedbirimi alır, yardımcı olurum. Hacer abla, sizin lügatınızda insana her halükârda yardım diye bir şey yok mu? Üstelik bu insan ana baba olunca.

Maksimilyan konuşurken gayet güzel konuşsa da içi içine sığmıyordu. Hep bir "acaba'larla yaşıyordu.

Gecesinin saçları gündüzüne dolaşmış halde yaşıyor, bu arada babasından gelen mektupları herkese okutuyordu. Sokakta görenler Maksimilyan'ı yanındakine gösteriyor, bu da Maksimilyan'ı çok üzüyordu.

Babası, "Oğlum. Senin bilmediğin çok şeyler var. Ne olur güzel oğlum inat etme. Şu kızdan vaz geç. Onunla evlenme sana bütün varlığımı vereyim." dediği mektupları gösteriyor, sonra insanların bu mektuptan ne anladığını soruyordu.

Zeynep Hanımı ikna etmişti Maksimilyan. Her şeye rağmen Zeynep Hanım eşini ziyarete gidecekti.

Hazırlanıyordu Zeynep Hanım. Kendisine arkadaş olsun diye komşusu Zeliha'yı çağırmıştı. Zeliha Hanım, apar topar gelince sordu:

— Hayırdır Zeynep, bir şey mi oldu?

— Hayır olur inşallah, karar verdim benim adama gidecem. Yanımda gel diyecektim sana.

— Bak buna sevindim. İyi yaptın. Kararını nasıl değiştirdin?

— Belki günahını aldık adamın. "Cennet benim evladım sayılır. Sizde hiç utanma yok mu? Öyle şeyi nasıl düşündünüz? " diyor mektubunda. İçinde bozukluk olan bunları söyleyemez, diyor içim.

* * *

Maksimilyan balıkçıdan balık almaktadır. Balıkçı sorar:

— Ula Maksimilyan! Duyduklarım doğri midur? Baban göz mü kodu senin alacağın giza?

Maksimilyan'ın rengi değişmiştir bir anda. Balıkçıya bakar hırslı gözlerle:

— Yok öyle bir şey. Sen bayat balık koymamaya bak.

— Destan yazdılar saa. Baban seni vurmuş öyle mi torinum? Ben bua inanmadum ha. Baban şimdi neredur?

— Balıkların taze olduğundan eminsin değil mi? Bayat balık insanı zehirliyor da.

— Bizim Rize'de bir adam var idi. Ula uşak öyle mert idi ki aklun şaşar. O mert adam ne etti pili musun, garisinin bacısını aldı. Garisi verem oldi öldi, baldızı da hevesi bitinçe vurdu oğa tekmeyi, sonra adam vurdu yollara.

Maksimilyan:

— Kaç kuruş borcum var?

* * *

Zeynep'le Zeliha tam kapıdan çıkarken Hacer gelir. Her zamanki üslubuyla söze başlar:

— Anam bacım, iyi ki yakaladım seni. Gız senin adam Cennet'le Gemilerçekeği'nde görülmüş. Garı-koca gibiymişler. Ben de elden duydum. Günahı başlarına.

"Boş insanların boşluklarını doldurdukları bir şey mutlaka olacaktır." diyenler, Hacer Hanımdan ilham almıştır sanki. Hacer boş vaktini milleti takiple dolduruyordu.

Zeliha Hanım, Hacer'in karekterini anlayınca çok sinirlenmiştir bu defa:

— Sen her duyduğunu böyle söylersen, onların günahı kadar senin de günahın olur. Biraz dinlen duyduğunu söyleme. Ağzını tutamıyorsan salavat getir. Hadi Zeynep hiç cevap verme şu boydan boya, bütün vücudu çene olan kadına.

* * *

Zeynep Hanım perişandır. Yirmi gündür kocasını hiç görmemiştir. Şimdi heyecanla cezaevinin önünde sıra beklemektedir nihayet sıra gelir. Gardiyan çağıralı henüz iki üç dakika olmasına rağmen Zeynep Hanıma saatler gibi uzar dakikalar. Nihayet sararmış yüzüyle kocası kabinde görünür:

— Zeynep'im hoş geldin. Sen nerde kaldın? İnan ki sana öyle kırıldım öyle kırıldım ki, bunu asla anlatamam.

Yahya Beyin gözlerinden yaşlar sicim gibi boşalır:

— Senden böyle vefasızlık hiç beklemezdim. Ben vefasız çıksam bile, senin böyle yapmanı bir türlü hazmedemedim.

Zeynep Hanım bu sözden nem kapar:

— Sen oğlumu öldürüyordun. Hemen sana nasıl koşardım? Ben bir anayım. Sanki dünya batıyor mu oğlumuz Cennet'le evlenirse? N'oldu sana herif? Sen böyle değildin? Bacın sevdi diye sevdiği gence sen gitmiş " Bacım sana aşık. Ne yapacaksan yap." demiştin, şimdi o sen nerde? Hem o sözün ne demek oluyor öyle? "Ben vefasız çıksam bile." diyorsun.

Hanımının gözlerinden kaçırır gözlerini:

— Ne olursa olsun yanımda olmalıydın. Ben biricik

oğluma bıçak sokacak kadar aklımı oynatmışsam bana acımalıydın?

— El âlem bıçak vursaydı sen ne yapardın? O kişiye acır mıydın?

— O adamı öldürürdüm.

— Şimdi bu ne demek oluyor?

— Bırakalım bunları. Şimdiye kadar neden gelmedin Zeynep'im neden? Sen benim evladım yerindeki bir kıza bakmayacağımı bilmez misin?

— Evladın yerinde olmayana bakar mısın? Ben onu da bilmezdim ki. Benim bilgim doğruysa sen namuslu bir adamdın. Hiçbir kadına bakmazdın.

Yahya Bey hanımını duymaz, oğlunu arar arkalarda.

— Maksimilyan nerde?

— Evdedir. Balık almaya gitmişti.

— Sen kiminle geldin?

— Zeliha'yla.

— Millet benim için ne diyor? Gerçi ne derse desin onları yine evlendirmem. Gerekirse öldürürüm.

Zeynep Hanım kriz geçirmek üzeredir:

— Nee? Sen hâlâ aynı martavalı mı okuyorsun? Sen hala akıllanmadın mı? Söyle, o kızda gözün yoksa bu halin ne? Bu itirazın ne? Kızı biriyle kötü halde mi gördün? Eğer öyleyse söyle de senin bu haline anlam verelim. O kız birini mi seviyordu? Öyle olsa bile bu tavrın yine yanlış. Çünkü, başkasını sevmiş olsa bizim oğlana aşık olmazdı. Bizim oğlan için ölüyor kız.

— Olsun ölecekse ölsün. Ama evlenemezler. İşte bu kadar. Ölmüş olsam, hortlar çıkarım mezardan engellerim bu evliliği.

Zeynep bağıra bağıra soruyordu bu defa:

— Sebep söyle sebep!

— Sebep yok. O kızdan oğluma karı olamaaaz! Bitti. Hem ölürüm bu uğurda hem de öldürürüm. Üstüme gelmeyin. Hem söyle Maksimilyan'a, mağaraya mı gidecek, ine mi gidecek, ne yapacaksa yapsın, kızın gelmesine beş gün var. Sakın onları bir araya getirme. Göz göze bile gelmesinler.

— İşte bak tam aşık halleri. Sen altmışından sonra delirdin. Zaten yaşlılar aşık olunca yıkılırlarmış. Kendilerini kontrol edemezlermiş. Ben gidiyorum. Burada çürüsen de bir daha gelmeyeceğim.

— Bi tanem yapma. Sinirli zamanda karar verme. İnsan sinirlenince geleceğini göremiyor. Bak oğlunu bile öldürmeyi göze alabiliyorum. Ne olur, bana zulüm etme. İnat etme. Ben senden başkasını sevmedim. Şu çektiklerim de seni kaybetmemek için, ama bunu bilmen mümkün değil.

Zeynep Hanım şok halinde bakar eşine:

— Nee! Beni kaybetmemek için mi? Bu ne demek Yahya? Yani sen, beni kaybetmemek için mi kaybediyor sun? Sen iyice yedin kafayı.

Zeynep gözü yaşlı olarak ayrılır ceza evinden. Yol boyu dinmez gözyaşları.

Evine gözyaşlarıyla giren Zeynep Hanım oğlunu balık kızartırken bulur. Oğluna sarılarak hıçkırığa dönüştürür ağlamasını:

— Oğlum! Bu adam delirmiş oğlum! Ne olur vazgeç şu kızdan.

Maksimilyan balıkları çevirirken sakin sakin cevap verir:

— Annem, güzel annem benim. Ne olduğu belli olmayan itiraz uğruna neden diri diri öldüreyim kendi mi? Buna razı olur musun anne? Hem o kıza yıllardır "Şart ne olursa olsun seninle evleneceğim." dedim. "Senin için dağları omuzuma vururum." dedim. Sensizlikte sensiz sensiz ölürüm, diye şiirler yazdım o kıza. Yani; "Ben sensiz yaşayamam." dedim. Bunca sözlerin üzerine kalleşler gibi yatamam anneciğim. Babamın bir ikna damarı vardır herhalde. Onu bulacağım. Dün amcamla konuştum. Amcam da akıl sır erdirememiş. "Kardeşim Yahya benim tanıdığım insan değil." dedi.

Zeynep Hanım telaşlı gözlerle oğluna sorar:

— Acaba bize büyü mü yaptılar?

— Yok be anne! Bize kim büyü yapacak? Babamın dar görüşü. Batıda temiz kızlar olduğunu bilmiyor herhalde. Aklıma başka bir şey gelsin istemiyorum. Neyse az kaldı. Cennet annesiyle gelecek. Hemen nikaha oturtacağım onu. Babam beni sordu mu?

— Sormaz mı?

— Benim yüzüme nasıl bakacak bilmiyorum. Ama ben ona acıyorum. Onu oradan kurtarmak için her imkanı değerlendireceğim. Ama o çıkmazdan önce düğünümü de yapacağım. Sonra buralardan giderim. Beni nerede bulacak da öldürecek? Seninle gizli gizli görüşürüm. Hiç merak etme anneciğim.

* * *

Koğuşta kitap okuma günü yapılmakta, herkes sessizce, kitap okuyan liseli mahkumu dinlemektedir. Yahya Bey okunanların hiçbirini duymamaktadır. Zar zor getirilen yatağında uzanmış halde liseli mahkumu dinler görünmektedir.

Okumaya ara verildiğinde Yahya Beynin sesi duyulur:

— Çaycı! Koğuşa çay yap, benden olsun.

Çaylar içilir, kitap okumaya devam edilir. Kitap bir denemedir. Olayları kısa kısa yazmaktadır. Her bir konu, mahkumlardan birinin hayatına yöneliktir. Zevkle dinlemektedirler. Bir ara Aşık Hüsnü'nün sesi duyulur:

— Oku be liseli oku. Allah'ına kurban olayım oku. Sevenleri ayıranlar duysun bu yazıları. Duysun da biraz merhamete gelsinler.

Yahya Bey anlar taşın kendisine atıldığını. Fakat oralı olmaz. Sadece karşı üst ranzada oturmakta olan âşığa acı acı bakar.

Kimseler anlayamamaktadır kendisini. Çünkü, hiç kimseye gerçeği söylememiştir.

* * *

Avukatlar koşturur Yahya Bey'i kurtarmak için. Oğlu Maksimilyan durmadan hukuki çözümler araştırır. Babasını utandırmamak için ziyaretine gitmez. Biraz da Cennet'ten dolayı babasını kırmaktan korkar.

Mutsuz günler yaşar aile. Maksimilyan'ın mutsuzluğunu Cennet'in gelecek olması hafifletir.

Yahya Bey günlerini mahkumları dinlemekle geçirir. Liseli gencin neden dolayı suç işlediğini öğrenememiş, ama diğer bütün mahkumların hayatını dinlemiştir. Cinayetlerin çoğunun dedikodu veya miras uğruna işlendiğini öğrenmiş, bu bilgi onu çok üzmüştü.

"İnsan," diyordu. "Aç gözlü mahluk. Hayvanın karnı doyarsa gözü de doyar. İnsan ise, karnı ne kadar çok doyarsa gözü o kadar aç kalır."

* * *

Mahkumun biri, kardeşi sınırı bir karış kendi tarlasına doğru geçirdiği için onu öldürmüş, bir yaşlı mahkum altmış yaşındayken hırsızlık yaparken yakalanmış, mahkumların alay konusu olmuş, bir başka mahkum polise hakaretten ceza almış, bir evli adam on yedi yaşında ki kızı kaçırmaktan on sekiz yıl ceza almış. Yahya Bey mahkumların cezasını öğrendikçe üzüntü yaşar. Özellikle yalancı şahitlik yaptığından dolayı ceza alan bir mahkum onu çok sinirlendirir. Sonra da kendi kendine kızar. "Sen daha mı az suçlusun? Suçun kaç kişiyi mutsuz etti. "diyerek kendisine döner.

Günler sonra liseli genci ikna eder, derdini anlamaya karar verir genç mahkumun:

— Bak oğlum! Hayatını öğrenmediğim bir sen kaldın. Temiz çocuksun. Benim oğlum gibi durmadan okuyorsun. Benim oğlum da aynen senin gibi beş okur bir not alır. Çocuk not almaktan üç günde bitecek kitabı beş günde bitirir. O da senin gibi, namazını hiç geçirmez. Ben cumadan cumaya kılarım o günde beş vakit kılar.

Genç şaşkınlıkla sorar:

— Ama ben sizi her vaktin hakkını verirken görüyorum.

— Burada başladım. Açıkçası senden utandım. Ben Müslümanlık anlatılırken mangalda kül bırakmam, ama İslamî emirleri yaşamaya sıra gelince ben de hiç yaşamam. Üşeniyorum, nefsim bin bir bahane buluyor; sonra kılarsın, yarın başlarsın, diyor. Ne sonralar bitti, ne yarınlar. Yani ben İslâm'ı konuşurum, ama uygulamam. Balon Müslümanıyım kısacası.

— Öyle demeyin. İnanmış olmak da çok mühim. İnan ben inançlı biri olmasaydım, şu an bu ceza evinde iftiradan dolayı değil adam öldürmekten dolayı yatardım.

Yahya Bey heyecanla yerinden fırlar:

— Çok şükür öğrendim neden yattığını. Tevekkeli değil, bu kadar efendi bir çocuk nasıl bir suç işler, dedim.

Liseli genç, Yahya Bey'in gözlerine dik dik bakar:

— Siz de çok beyefendisiniz, ama buradasınız. Suç işlemek veya hapse girmek her zaman kötülere ait değildir ki:

— Haklısın...Orası öyle de... Ne bileyim. Hele iftiraya nasıl uğradın bir anlat bana. Ben seni çok sevdim. Sana bir sürprizim olabilir.

Genç mahkum Yahya Bey'in yoğun ilgisine bir anlam veremese de onu kırmaz ve hayatını anlatır.

Liseli genç, lakabını cezaevinde almıştır. Liseyi dışardan okumuştur. Çocukken annesi babası ayrılmış, onu çocuk yuvasına vermişlerdir. Anne baba özlemiyle büyümüş, hastalandığı için on sekiz yaşına kadar bitiremediği liseyi yirmisinden sonra çobanlık parasıyla okumuştur. Yirmi yaşından sonra anne ve babasını arar. Bir hayali olmuştur hep, onların gözlerine bakarak kendisine nasıl kıydıklarını soracaktır. Acaba ağlayacaklar mıdır?

Önce annesini bulur. Üvey babası suratını astığı için annesinin yanında sadece bir gece kalır. Annesinin cahil bırakılmış bir kadın olduğunu anlayınca hesap sormaktan vazgeçer. Sonra babasını arar. Babası zengin olmuştur. Evlenmiş ve çocukları vardır. Kendisini aramama sebebini yoğun işleri olarak açıklar. Liseli genç günlerce kendine gelemez. Ailesi olduğunu hep bildiği halde, aile arayışına girdiğinde babasını gördükten sonra pişman olur ve kendisine değer verilmeyişine çok içerlenir. "Baba sen cennete giremeyeceksin, çünkü seni ben cennete girmeni engelleyeceğim. " der. Babası "Hadi oradan, sen kimsin, bana sen mi ekmek verdin? " cevabını verir. Liseli gencin ismi Ülkem'dir ve babasına bu ismin kim tarafından neden koyulduğunu sorar. Babası ona. "Bilmiyorum. Hastanede hemşireler koymuş." deyince doğduğu günden itibaren sevilmediğini anlar.

Ülkem, babasının evindedir. Kardeşi vardır kendisinden üç yaş küçük. Babasının onlara olan sevgisini görünce hasta olur. Gizli gizli ağlar. Babasının yanında kendisini sığıntı gibi hisseder, kaçacağı sırada üvey annesinin altınları çalınır ve Ülkem'i suçlu gösterirler. Ülkem polise gerekli savunmayı yapamadığı için tutuklanmış cezaevine gönderilmiştir. Sevimli iri yeşil gözleri olan Ülkem, kızlar tarafından da çok sevilir. O, yuvada beraber büyüdükleri Leyla'yısevmiştir; fakat Leyla başkasını sevmiştir. Gencin payı da hayallerine veda etmek düşer. O günden sonra gönlü bakmaz hiçbir kıza.

Yahya Bey, Ülkem'in hayatını dinledikten sonra ağlar ve hiç düşünmeden sorar:

— Bir yakınımın kızı var, adı Cennet. Kendisi Almanya'da. Çok da yakışıklısın. Gel sana onu verelim. Var mısın? Kız çok güzel ha. Senden daha dürüstünü mü bulacak?!

Ülkem hiç beklememişti böyle bir teklifi.

— Valla ne desem bilmem ki.

— Bence hiç düşünme. Kız yakında gelecek. Eminim benim yanıma gelir. İkimiz beraber gireriz görüşme kabinine. Sen kızı bir gör. Bir soru sor. O da seni görsün. Gerisini ben konuşurum. Düğün masrafın benden.

Yahya umulmadık planlar yapar. Ülkem'i bayağı ikna eder.

* **

Gardiyanın Yahya Bey'i çağıran sesi duyulduğun da Yahya Bey kapıda görünür:

— Buyurun gardiyan bey.

— Ziyaretçiniz var.

Heyecanlanır Yahya Bey.

— Kimmiş?

Gardiyan bu sorudan bıkmış olduğunu cevabıyla belirtir:

— Ben ne bileyim kim? Yakışıklı bir genç işte.

Yahya Bey anlamıştır oğlunun geldiğini. Heyecandan titremektedir. Sonunda çıkar oğlunun huzuruna. Ağlayarak selamlar onu:

— Hoş geldin oğlum. Babanı affettin demek. Sana da bu yakışır. Aferin oğlum:

— Ne demek baba! Sen benim babamsın. Bir an şeytana uydun diye seni silip atamam ki.

— Sağ ol oğlum. Bu iyiliğini unutmayacağım.

Bu arada Ülkem de gelir ziyaret yerine. Yahya Bey'in hiç ummadığı bir şey yapar:

— Amca beni oğlunla tanıştıracak mısın? Nasıl olsa akraba oluyoruz. Şimdiden tanışmak iyi olur, diyorum.

Maksimilyan sorar:

— Ne akrabası? Arkadaş kim baba?

Ülkem cevap verir:

— Babanız, benim Cennet'le evlenmemi istiyor da.

Yahya Bey mosmor olurken Maksimilyan kendini kaybeder.

— Baba! Sen bir alçaksın baba! Seni ellerimle geberteceğim!

Maksimilyan hızla çıkar kabinden. Bağırma sesleri salondan gelirken, Yahya Bey olduğu yerde donmuştur adeta. Ülkem de şaşkın halde bakar Yahya Bey'e. Yahya Bey uzun süre sessiz kaldıktan sonra kendine gelir:

— Oğlum Ülkem, ne yaptın? Bilmeyerek oğlumu kopardın ya benden!

— İnanın ne diyeceğimi bilmiyorum. Ben kabinden kimselerle görüşmedim ya. Birdenbire heyecandan saçmaladım. Ama ne yaptığımı bilmiyorum. İnan bana, ama size karşı çok mahcubum, ne söyleyeceğimi bilemiyorum.

— Boş ver. Bir şey söyleme. Ben, haram işlediğim o gün yanmıştım zaten.

Durumu anlatır Yahya Bey. Liseli mahkum şaşkındır. "Demek böyle bir durum vardı. Cennet benim dünya ve ahiret bacımdır artık. Adını bile anmam.."

Yahya Bey gözyaşlarına boğulmuş olduğu halde koğuşa döner.

Koğuşa girdiğinde, bütün mahkumların yeni gelen bir mahkuma çullandıklarını, her birinin tekme tokat ona giriştiklerini görür. Adamın ağzı burnu kandan görünmez olmuştur.

Yahya Bey hemen yerde imdat diye bağıran mahkumun imdadına koşar, ama mahkumlara engel olamaz. Hemen koşar gardiyana haber verir. Ortalık kaynar kazana dönmüştür. Gardiyanlar mahkumların elinden yeni gelen mahkûmu kurtarırlar. Bir taraftan mahkumlardan Yahya Beye tehdit yağar. Ve adı koğuşta ispiyoncuya çıkar.

Sonradan öğrenmiştir durumu. Gelen mahkum bir çocuğa tecavüzden dolayı tutuklanmıştır. Mahkumların onu kan için de bırakma nedeni budur.

Olan olmuştur artık. Yahya, Allah'a yalvarmaktan başka çözüm aramaz. Gardiyana şikayet ettiği için mahkumlar onunla konuşmamaktadırlar. Sadece Ülkem vardır konuşan ve içine döner Yahya Bey, saatlerce uyur. Uyandığı zaman Ülkem'e seslenir. O da hemen gelir yanına oturur:

— Buyur baba.

— Sana bir şey anlatayım mı, Batılı bir adam demiş ki Türkiyeli bir Müslümana "Osmanlı sizin övdüğünüz kadar mükemmel olsa yıkılmazdı, bizim kötülediğimiz kadar kötü olsaydı 600 yıl yaşayamazdı." Ben de aynı şeyi kendim için söylüyorum. Herkesin iyi dediği kadar iyi olsaydım oğluma bıçak atmazdım. Kendimi kötü gördüğüm kadar kötü olsam, kimse beni sevmezdi.

Ülkem mahcup mahcup bakar Yahya Beye:

— Siz bana kırgın değil misiniz?

— Kırılsam ne olacak, ne değişecek? Sen kasıtla konuşmadın ki. İnsan bazen her şeye boş vermeli aziz saatlerinde. Aksi halde akıl mı dayanır. Bir yazar: “”Hafif yanan bir koku duyduğunda vatanım yanıyor diyeceksin." demiş. Ben yazar değilim, ama benimde hayata bakış çizelgem var. Ben hafif bir koku duysam dünya yanıyor sanıyorum. Özellikle bir yıldır.

Yahya Bey sıkıntısından dolayı, daldan dala konmaktadır.

— Biliyor musunuz, insanlar beraber güldüklerini unuturlarmış, ama beraber ağladıklarını asla unutmazlarmış.

Ülkem'den veciz bir cevap gelir:

— Üzülmeyin, Şekspir (Shakespeare) de der ki: “Bazı yıkılışlar daha parlak kalkışın sebebi olur." Siz çok iyi insansınız. Bu acılarınızı hayra kullanmasını bilirsiniz. Sözünüze gelince. Yuvada çok ağladım. Yorganı çekerdim başıma, gizli gizli ağlardım. Başına yorgan çekmiş bir çocuk görsem, o da benim gibi ağlıyor sanırım hep. Biz yuvadaki çocukları, sosyal dayanışma ağlaması bilmezdik, biz tek tek ağlarız koro halinde ağlıyor bile olsak. Gerçekten beraber ağladıklarımı unutmuyorum.

— Ama dostlarım benim çok kötü biri olduğumu sanıyorlar.

— Sizi teselli bana düşmez, ama biliyorsunuz daha

sonraları Müslüman olan Goethe : "Mükemmel insanların küçük hataları büyük görünür." demiş. Siz demek ki mükemmel bir insansınız:

— Kaptanı usta olmayan gemiye, her rüzgar kötü görünürmüş ya, bana da her teselli kötü geliyor delikanlı. Yine de sağol. Çölde su gibi geldin bana.

GÖZLERİNİN OLDUĞU YERDE EDEBİYAT DOĞUYOR

Cennet ve annesi gelmiş, her şeyi öğrenmişlerdir. Cennet bu durumdan çok rahatsız olurken annesi mahzun görünür.

Maksimilyan zehir zemberek sözler eder babası hakkında. Cennet'in annesi Selime bütün konuşmaları sessizce dinler. Maksimilyan'a gizlice not yazar. "Ben çıkıyorum. Deppoy'a gel, seninle görüşmemiz lâzım."

Maksimilyan Selime Hanımın çıkışından on dakika sonra çıkar. Söylenilen yerde buluşurlar. Selime perişan görünür. Konuşmak için en ferah yer olan Giresun kalesine gitmeyi düşünürler. Kale'ye çıkarlar hiç konuşmadan. Kale'de karşılıklı olarak bir masaya otururlar. Önce Selime başlar konuşmaya:

— Maksimilyan! konuştuklarımız ölene kadar aramızda kalacağına dair bana şeref sözü verir misin?

— Evet, söz veriyorum.

— O halde dinle beni. Babanın böyle davranma nedenini biliyorum. Sakın beni kötü kadın zannetme. Baban Cennet'in kendi kızı olduğunu sanıyor. Delirmesi bundan.

— Ne! Nasıl? Anlamadım!

— Gençlik yıllarımda ben babana âşıktım. O zamanlar beyim Almanya'daydı. Orda bir kadın bulmuştu. Ve ayrılmak üzereydik. Ben de babanla aynı iş yerinde çalışıyordum. Ona aşık olmam babanı etkiledi. O zamanlar manevi değerlere inancım da yokmuş demek ki. Kocamdan intikam alma hırsı kapladı beni. Üstelik reddedilişimi bahane eden gönlüm babana aşık oldu ve babana "Senin yüzünden hastayım." dedim. Sonunda olan oldu. Babanla haram işledik. Çok geçmeden baban "Bu iş böyle gitmez. Ben karımın yüzüne bakamaz oldum." dedi ve benimle ilgiyi kesti. Bu arada kocam bana döndü ve çok yalvardı. İkna etti beni. Almanya'ya gittim. Bir yıl sonra Cennet dünyaya geldi. Cennet kocaman çocuk olmuştu. Biz Türkiye'ye geldiğimizde, babana: "Sana bir sır vereceğim, kimseye söylemeyeceğine dair şart et." dedim. "Bir kişiye söylersen karın senden boşanmış olur." dedim. Şart etti. Ben de baban da şart etmeyi kulaktan dolma bilgilerle yanlış biliyorduk. Şart olsuna şartlandırdım babanı ve "Bu kız senin kızın." dedim. Nerden bilecektim sizin birbirinize aşık olacağınızı? Yıllar sonra tövbe ettim. Her türlü günahıma tövbe ettim. Ama bazen insan tevbe de etse böyle bedeller bulur insanı. İşte böyle oğlum. Babandan, beni ihmal etmesinin bedelini gizli bir intikam duygusuyla böyle aldım galiba. Çünkü baban "Bu ilişkimiz devam edemez. Ben karıma aşığım." deyince dünya başıma yıkılmıştı.

Maksimilyan bir yandan babasının Cennet'e aşık olmadığını anladığından sevinir, bir yandan da haramdan nemalanmış olduğunu fark edince üzülür. İki arada kalmanın şaşkınlığını yaşar. Saatler sonra şok hali geçer, bu defa sevincini gizleyemez. Selime Hanıma, konuya açıklık getirdiği için teşekkür eder.

Maksimilyan sevincinden nerdeyse kaleden atacaktır kendini. Hemen kalkar, heyecandan Selime Hanıma tekrar tekrar teşekkür eder. Doğru babasının yanına gider. İçi içine sığmaz, sevincini babasıyla paylaşmak ister.

Her şeyi anlatır babasına. Yahya Bey çok rahatlamıştır. Fakat bir de korkusu vardır:

— Ya annen duyarsa oğlum? Asla affetmez beni, onu kaybetmemek için ne acılar çektim. Bir de duyarsa?

— Sen merak etme baba. Bu sır benimle mezara gidecek. Demek onun için kızına koca arıyordun ha? Vah zavallı babacığım, günahının bedelini ne ağır ödedin böyle. Tabii ödendiyse. Çok güçlü tövbe etmen şart baba.

— Oh be oğlum dünya varmış. Ama bir problem var. Şimdi Cennet'i kabul ettiğimi annene nasıl izah edeceğiz?

— Kolayı var baba. Hatanı anlamış olursun, olur biter.

Gerçekten olmuş bitmiş, haberi duyan herkes bayram etmişti.

Cennet en çok sevinen olurken, hiçbir iş yapmadığından hep tenkite endekslenen Hacer dudak büküp geçer.

* * *

Asil mahkumlar koğuşunda bayram vardı, Yahya Bey koğuşa girer girmez avaz avaz bağırmaya başlamıştı:

— Asil mahkumlar koğuşu. Duyun beni. Oğluma izin verdim evlenecekleeeer!

Dargın olduğunu herkes unutur.

Âşık Hüsnü ağzını eğerek karşılık vermekte gecikmez:

— Yok ya! İzin vermişmiş. Aşık gerçek aşıksa izin mi dinler? Oğlun zaten evlenecekmiş onunla. Habere sevinen mahkumlar Yahya Beyi tebrik ederler.

Artık, Yahya Bey mutludur, ölse de gam değildir onun için.

* * *

Maksimilyan Giresun kalesinden Giresun'u sevdiğine göstermek ister. Onu alır ve kaleye götürür. Artık Cennet onundur onun gözünde. Allah'tan başka onları kimse ayıramaz. Beraber düğün planları yaparlar. İkisi gidip nikah tarihlerini almışlardır. Gün boyu konuşurlar telefonda konuşamadıklarını. Cennet geçmişe yönelik duygularını dile getirir.

— Biliyor musun Maksimilyan, ben bu evlilikten vazgeçmeye gelmiştim? Baban bu kadar tepki gösterirken biz evlenemezdik.

Maksimilyan çok şaşırır:

— Delirdin mi sen? Seni kaçırırdım. Olmazsa olmazımsın sen benim. Ben bırakmazdım ki seni. Seninle dünyam edebiyat taşıyor. Gözlerinin olduğu yerde edebiyat doğuyor. Seninle uzakta bir hayat yaşayarak dünyamı zindan eder miyim? Biliyorsun, zindan gönüle düşmeden hiç kimsenin dünyası kararmaz.

— Sen çok mu kitap okuyorsun?

— Evet konumuzla ne ilgisi var?

— Ne bileyim, güzel konuşuyorsun da.

— Kitapla ne ilgisi var konuşmalarımın? Vurgularımın kitabı sensin. Bence, seni yazmak için bütün kalemler sıraya girmiştir.

Maksimilyan'a derin derin bakan Cennet duygularını aktarır:

— Ben çok şanslı bir kızım. Bana verdiğin bu değer inşallah hiç bitmez.

— Ben de şanslıyım. Büyük savaş sonucu seni kazandım.

* * *

Maksimilyan düğün gününden önce dini nikah yapmaya karşı olduğu halde babasının yüzünden resmi ve dini nikahlarını düğünden önce yapmışlar, düğün gününü beklemektedirler.

Bu arada Maksimilyan kaynatasını düşünmeye başlar: "Bu adam acaba nasıl bir baba? Kızına evlenme izni vermiş düğüne gelmemiş." der; ama kimseye bir şey söylemez.

Maksimilyan, Cennet'e kütüphanesini gösterir:

— İşte benim çeyizim de bunlar. Mağaraya da gitsem Almanya'ya da gitsem, bunlar benimle gelirler.

— Ne güzel. Ben birkaç kitap okudum, ama devam etmedim.

— Beraber devam ederiz.

— İnşallah.

— Sana aldığım notları okurum. Beş defter dolusu not almışım. İster misin?

— İsterim tabi. Evleneceğim kişinin, beynine hangi bilgilerin girdiğini bilirsem, ben de ona göre hareket ederim.

— Benim içinde geçerli bu.

— Beş altı kitaplık beyni tanımasan da olur.

— Olsun. Kuş beyinli kızlar bir kitap bile okumuyorlar:

— Hakaret etmesen.

— Tamam sözümü geri alıyorum. Kuş beyinli değiller, ama gelişmemiş beyinli oldukları kesin.

— Erkekler çok mu kitap okuyorlar? Kız takip etmekten çoğu zaman bulamıyor.

— Onlar ayak takımı.

— Konumuz ayak değil beyindi. Erkekler kuş beyinli değil mi?

— Kuşlara hakaret etme canım.

Cennet'in gözü seccadeye ilişir:

— Aaa! Bu evde namaz kılanda mı var?

— Eveeet ben kılıyorum.

— Yaa. Bunu önceleri söylemedin.

— Sormadın ki.

— Sevindim. Bari çocuklarımız namaz kılan birini görürler.

— Neden bir kişi görsünler ki?

Cennet Maksimilyan'a bakmakla yetinir.

Maksimilyan kitap okurken aldığı not defterlerini Cennet'e gösterir:

— İstersen sana, aldığım notlardan okuyayım. İnsanın kalbi neyle doluysa dudaklar onunla ilgili konuşur ve dinlenirmiş. Kitap okumak benim ufkumu açtı sevdiğim.

— Demek sendeki dürüstlüğün alt yapısında dini içerikli kitaplar var.

— Sadece kitap değil tabi. Aileden gelen bir eğitimin yansımasıdır bence. Çocukken de dürüst idim. O kadar dürüsttüm ki, ben bir şey söylediğimde arkadaşlarım yemin ettirme gereği duymazlardı. Kitap okumak bana dik duruşu, dünyayı öğretiyor, huy ailede gelişen bir olgudur. Karekter daha sonra çevre kültürüyle de değişebilir. Nice beş vakit namazlı gencimiz, üniversiteye gitmiş; ama dönüşte ne namaz kalmış, ne niyaz. Karekteri de değişmiş olarak dönmüşlerdir. Aksi de çok var tabii. Bir düşünür: "Batı medeniyetinin bizi nasıl kurtaracağını düşünmeden, onun kendisini nasıl kurtaracağını düşünmeliyiz." demiş. Bu söz anahtar bir cümle demektir. Anahtarla kapıyı aç. Karşına bazen odalar bazen de bir dünya çıksın. Hazreti Ömer: "Kişiye şer olarak, Müslüman kendisini hakir görmesi yeter" demiş. Ben bunu bir kitapta okudum. Daha sonra çevremdeki İslamî sanılan gruplara baktım. Birde ne görsem iyi, çoğu "En iyisi biziz." diyor. Öteki grubu küçümsüyorlar. Hatta birbirine selam vermeyenler var. İşte ben buna şeytanın zaferi diyorum, bir cümlecik ama...

Cennet şaşırmıştı:

— Aaa! Bu ayrılıklar sizde de mi var?

— Tabi var. Giresun'da o kadar yok, ama büyük şehirler ayrılık tohumları eken gruplar barındırıyor.

— Almanya'da da çok var. Her grubun camisi ayrı. İnsanın dinden kopacağı geliyor cami ayrımını gördükçe:

— Niye dinden kopsun ki? İnsanlara din mi söylüyor gruplaşın ve öteki kardeşinizi küçümseyin diye. Din tam zıddını söylüyor. Bence, o yanlışları gördükçe cehaletten kopmak lazım.

— Ama biz senin kadar dini bilmiyoruz ki.

Maksimilyan masanın başında otururken kalkıp Cennet'e doğru gider ve gülümseyerek itiraz eder:

— Yoo, dur bakalım küçük hanım. Beni öyle dinini bilen görmek yok. Hele âlim malim zannedersen bozuşuruz:

— Âlim malim ne demek ben bilmem ki:

— Adını belki bilmiyorsun, ama olayı biliyorsun. Deki, "Âlim olmak istemez misin?" Bayılırım, ama değilim. Hayallerimde yaşadığım bir şey var. Peygamberimiz, sallallahu aleyhi vessellem buyurmuş: "Zalim olsun mazlum olsun kardeşine yardım et." Sahabeden bazıları: "Ya rasulallah. Mazluma yardımı anladık da, zalime nasıl veya niye yardım ederiz?" demişler. Oda: "O nu zulüm etmekten vazgeçirmeniz ona yardım etmek anlamına gelir." buyurmuş. Ben hem mazluma hem zalime yardım etmek isterim. Ortalıkta, ikisinden de çok var.

— Ne güzel! İnsanlara iyilik yapmayı düşünmüşsün. Ben böyle şeyleri hiç düşünmedim.

— Bana bir söz hatırlattın: "Övünülecek bir şeyin yok mu, bunu anladınsa kendinle övün." der.

— Ama benim övünülecek yönüm zaten vardı.

— Meselâ.

— Meselâ seni keşfettim. Taa Avrupa'dan gelip onca gençlerin arasında seni bulmak az mesele değil. Öğle değil mi?

İkisi de çok gülmüşlerdi bu söze. Nikah yapmanın da verdiği mutluluk vardı ikisinde de.

Cennet duvardaki yazılara göz atmaya başladığında, kendi isminin sık sık yazıldığını fark edince sorar:

— Bana gözlerinin olduğu yerde edebiyat doğuyor, dedin; ama galiba senin tüm varlığın edebiyat. Bu ne güzel yazılar böyle. Benim ismim de yazılar arasında başrolde. Beni böyle alıştırdın, bu edebiyat bağlantılı ilgiyi evlenince kesersen seninle mutsuz oluruz.

— Niye keseyim ki? Tabi olarak heyecanın çıtası düşer, ama sevgimin ve ilgimin eksilmesi sanıyorum normalin altına hiç düşmez.

— Dur bakayım başka neler yazmışsın. "Öğrenmek pahalıdır, ama cehalet daha pahalıya mal olur." "Bir şeyi bulunmayacak yerde aramak, aramak değildir." Mevlâna. "Bir düşüncenin acemi savunucusu, usta muhalefetinden daha zararlıdır." Vay! Bu sözü tuttum işte. Çok doğru. Bizim bir komşumuz var. Onun tutumu beni dinden kopardı. Dini savunuyor güya, ama çevresini müslümanlardan nefret ettiriyor:

— İşte bu yanlış. Onun yanlışını dine ödetmiş kendine de zarar vermişsin. Dünyanın bütün dindarları kötü olsa yine de dine mal edemezsin. Çünkü dinin bunda suçu yok. Kişilerin görüşleri doktrin haline geliyor, ideoloji olup istediğine vuruyor. Buna jakoben kültür diyorlar. Tepeden inme baskı. Kendisi varsa öteki yok demektir. İslâm ise ötekinin hukukunu kabul ederek fertleri yönlendiriyor. Ben seni bölmeyeyim, duvar yazılarımın hepsini oku istersen.

— Okuyorum. "Yaratıcının elinden çıktığında her şey faydalıdır, düzgündür. İnsanın eline geçen her şey bozuluyor yozlaşıyor." J.J.R. Vayy! Beylik cümle buna denir. Gerçekten insan hayvandan daha vahşi. Düşünsene, tabiatta sadece hayvan yaşarken tabiat dengesi bozulmamıştı. İnsanın eline geçti tabiat, nerdeyse yok oluyor. "İnsan çok unsurlu yaratılmıştır. Diğer canlılar tek unsurlu. Hayvanlar ya negatif ya pozitif. İnsan her ikisi de olabiliyor. " M. Ali Bulut.

İki gencin konuşmaları kapı ziliyle bölünür. Kapıyı açtığında Maksimilyan ablası ve ağabeyini karşısında bulur. Aylardır çok acı çekmiş olan Maksimilyan, ummadığı kadar sevinir bu sürprize. Maksimilyan'ın bir gönül savaşından çıktığını bilen ağabeyi Ali, onu takdir ettiğini belirterek verdi selamını:

— Oo, aslan gönül savaşçısı ne haber? Selamün aleyküm!

— Ve aleyküm selam! Aman Allah'ım gözlerime inanamıyorum! Üçlü cengaver ağabeyim ve güzel ablam bu evde. Yaa, siz nasıl buluştunuz?

— Biz buluşuruz oğlum. Senin önemli gününü es geçermiyiz hiç? Annem evde mi?

— Komşuda. Evde misafirimiz var.

— Kim o misafir?

— Gelininiz.

Ali havai bir tipti. Konuşmaları kendini yansıtıyordu.

— Demek gelinimiz burada. İyi iyi. Onunla tanışalım. Bi öpelim kızımızı.

Maksimilyan ağabeyinin kulağına eğilip fısıldar:

— Abi, karımı benden başka hiç kimse öpemez bu evde. Yani erkek olarak demek istedim.

— Kötü kalplisin.

— Olsun.

* * *

Akşam olunca, Zeynep Hanım çocuklarını bir arada görmenin mutluluğuyla koşuşturur:

— Ah evlatlarım. Keşke babanız da burada olsaydı değil mi? Kaç yıldır böyle bir araya gelmemiştik.

Sohbet ederler sabaha dek. Cenneti de bırakmaz Zeynep Hanım. Düğün bir ay sonra yapılacaktır. Herkes onay verir. Cennet'ten umulmadık bir itiraz gelir:

— Hayır. Beybabam hapisten çıkana kadar düğün yapamayız.

Herkes şaşkındır. Maksimilyan itiraz eder.

— Bizim dinimiz de yas yoktur. Babamı beklemenin anlamı ne?

Cennet:

— Mantıklı konuşuyorsun. Ama her şey mantık demek değildir değil mi? Düğün benimle olacağına göre, ben yapmıyorum.

Nikahlısından emin şekilde devam eder Cennet:

— Bensiz de düğün olamayacağına göre…

* * *

Haberi ertesi gün çocuklarından öğrenen Yahya Bey çok mutlu olur:

— Heyt be! Kimin gelini! İşte insan böyle geline canını bile verir.

Kızı babasını onaylar:

— Haklısın baba. Ama yine de zekice davran, gelinini çok sevdiğini ve beğendiğini evlatlarına belirtme.

— Sende haklısın. Ama siz çocuk değilsiniz. Onu bana getir Maksimilyan. Ben onu ikna ederim.

Ertesi gün Cennet, kayınpederiyle görüşür Yayha Bey "Düğünü yapın." dese de, Cennet kararında ısrar eder.

Yahya Bey gelinine bakıp söylenir:

— Boşa dememişler, "Sevgi yavaş yavaş, acı bir anda gelir" diye. İşte, sevgi yavaş yavaş birikiyor. İnsan böyle gelini başa taç eder.

Maksimilyan üzülüyordu:

— Baba! Bu nasıl ikna böyle? Hem nalına hem mıhına olmaz ki. Siz böyle konuşursanız kız ikna olur mu hiç?

Uzun uzun konuşurlar ziyaret yerinde. Yahya Bey çok mutludur artık.

* * *

Ertesi gün Selime Hanım da dünürlerindedir. Yahya Bey'den konuşurlar. Selime Hanımda bir tedirginlik vardır. Acaba Yahya karısına bir şeyler hissettirmiş olabilir mi, diye. Zeynep'e şakaya getirerek takılır:

— Eşinizi çok sevdiğiniz belli. Galiba o da sizi çok seviyor.

— Evet çok sever.

— O halde eşiniz sizi hiç aldatmamıştır, değil mi?

— Valla benim bildiğim kadarıyla aldatmadı. Ama yine de erkek milletine güven olmaz. Kuyruk sallayan gördüklerinde değişmeyecek olan namuslu erkek binde birdir. O binin biri kocamsa aldatmamıştır. Değilse günahı başına.

* * *

Dünürler birbirlerine sık sık gidip geliyorlardı.

Cennet ve annesinin bir haftaları kalmıştı. Maksimilyan düğüne ikna olmayan Cennete kırgındı:

— Ya Cennet. Sen benim karımsın ya. Neden düğün yapmıyoruz?

— "Karımsın" deme Maksimilyan, ben utanıyorum.

— Bence sen utanılacak bir şey olursa ondan utan.

— Kırılma Milyan. Benimde bir bildiğim vardır.

— Kırıldım, ama seni çok sevdiğim için seni kırmıyorum.

Cennet konuyu değiştirmek istiyordu.

— Hadi senin çalışma odana gidelim. Duvar yazılarını okumak istiyorum yine:

— Sen bilirsin. Gidelim, bakıyorum da ustalığına hayran(!) kalıyorum.

Duvar yazılarını okumaya başlayan Cennet sorar:

— Bi yazar, "Verimli olmak için az çalışıyorum." demiş. Bu ne demek? Ben anlayamadım:

Maksimilyan kırgınlığını belli eder:

— Bilmem.

— Peki hazreti Ömer "Sıhhat sağ olanların başına konan taçtır, ancak onu sadece hastalar görür." demiş. Neden sağlıklı olanlar görmüyor?

— Bilmem.

— Bilmiyorsan buraya neden koydun bu yazıları?

— Bilmem.

— Sen de bugün hiçbir şey bilmiyorsun. Peki. "Zor iş, zamanında, yapmanız gerektiği halde yapmadığınız kolay işlerin birikimidir." Sence doğru mu?

— Bilmem.

— Aaa! Maksimilyan. Beni üzüyorsun bak. Ben de çekip giderim şimdi.

— Tamam gitmek istiyorsan git.

— Daha bir hafta var Almanya'ya gitmeme. Beni kızdırırsan yarın giderim.

— Gidebilirsin. Senin hürriyetine kim karışır.

— Yapma Maksimilyan. Çocuk musun sen?

— Her insan bazen çocuktur. Bırak da uzun ve yorucu bir gönül yolculuğundan sonra biraz çocuk olayım. Hem de bu yolculuk savaşla beraber yürüyen bir yolculuktu. Ben seni hasret bekleyeyim sen düğünü ertele.

— Beni kırıyorsun.

— Sen ne yapıyorsun?

Cennet sevdiğine duygu ve düşüncelerini uzun uzun anlatır. Maksimilyan'ın kırgınlığını giderir ve bıraktığı yerden duvara geri döner

— Fazilet de eksiklik bir adamı haksız kılmaz. Kadir Mısıroğlu. Bu ne demek Maksimilyan? Ben anlamadım. Fazilet ne demek?

Maksimilyan faziletin dürüstlük, erdemlilik olduğunu detaylarıyla anlatır Cennete.

— "Cahil insanlarla düzeyli muhatap olun. Çünkü cahiller, kendilerinin anlama kabiliyetlerinin üstüne çıkan her şeyi, anlayamadıkları için kınarlar." Çok doğru. Benim bir tanıdığım var. Kendi değerini bilemeyen insanlara değerini belirttiği için hep yanlış anlaşıldı. "Hata aramaya verilen zaman çözüm aramaya verilse, dünya gülistan olurdu." Bu sözü de tuttum. Çok güzel. Gerçekten insanlar güzellik hiç aramıyor hep hata arıyorlar. Benim bu tür sözler çok hoşuma gider. Bir de senin duvarına benden bir hatıra yazayım. Tolstoy demiş ki:"Herkes insanlığı değiştirmeye çalışıyor. Kimse kendini değiştirmeye çalışmıyor."

— Çok güzel ve doğru bir söz. Böyle vurucu tespitleri yakalıyorsun demek ki.

— Neden yakalamayayım? Ben düşünmeden mi okuyorum? Bir söz daha ezberledim. "Büyük ve üstün insan yeri geldiğin de memnun ve rahattır. Küçük insan ise, daima üzüntülü ve telaş içindedir."

— Bu da güzel. Ortak bir yanımız daha ortaya çıktı.

— Yok canım. Sen nerdesin ben nerdeyim. Baksana şuraya ne yazmışsın. Peygamberimiz buyuruyor: "Müslüman Müslümanın başına gelen musibetle onu terk etmez. Onu zalimin zulmünde bırakmaz." Her konuyu anlıyor ve süzme sözleri dinliyorsun. Ne mutlu sana!

— Hadi Cennet kaleye çıkalım. O sözleri sonra okursun. Dışarı çıkalım.

— Dur bir cümle daha okuyayım. Şur da ne demişsin: "Batının refah seviyesi yükseldikçe ahlak seviyesi zemini deldi." Bu söz kimin?

— Benim.

— Ne demek?

— Yani, Batı zenginleştikçe ahlaksızlığa kaydı. O kadar çok kaydı ki, ahlak seviyesi zemini deldi. Yani ahlakı bitirdi. Hem zengin hem ahlaklı olmayı başaramadı. Bunu dünya da bir medeniyet başarmış. O da Osmanlı medeniyetidir.

— Ne güzel sözler bunlar! Hiç boşa vakit geçirmemişsin.

— Doğru. Kendini yiyen kurda benzemek istemedim. Hadi çıkalım buradan. Bana afakanlar basıyor. Şunu da söyleyeyim: Düğünü geç yapacağımızı bilseydim... Neyse... Saçmalayacaktım vazgeçtim.

* * *

Ertesi gün babasının ziyaretine giden Maksimilyan babasını çok neşeli bulur. Ne olduğunu sorar ve cevabı alır. Ülkem'in suçsuzluğu meydana çıkmış ve Ülkem tahliye olmuştur.

* * *

Yahya Bey oğlunun gayreti sayesinde hapisten çıkar. Cennet konusunda masumluğu anlaşıldıktan sonra arkadaşlarının ilgi yoğunluğuyla karşılanır.

* * *

Cennet ve annesi Almanya'dan gelirler. Baba yine ortada yoktur. Bu durumdan şüphe içine giren Maksimilyan sormadan duramaz. Cevap alır sorusuna, ama yine de bir tuhaflık hisseder. Bir babanın zulmünden kurtulup, öteki babanın zulmüne mi düşeceğiz, endişesi oluşur. Fakat mutluluğunu bozmak istemez.

Tüm aile düğün için ve de Yahya Beyin cezaevinden kurtuluşunun hatırasına tekrar bir araya gelmiştir. Zeynep Hanımın dikkatini çeken bir durum vardır, hiç ertelemeden sebebini öğrenmek ister. Selime Hanım, Yahya Bey hapisten çıkalı evlerine gelmemiştir. Kızına sorar:

— Cennet! Annen, Yahya cezaevinden çıkalı bize gelmiyor. Acaba bir şeye mi kırıldı?

— Hayır! Annem biraz rahatsız da.

— Yaa. Geçmiş olsun. Yarın akşam ona Yahya'yla biz gideriz.

Yahya Bey biraz isteksiz cevap verir:

— Benim yerime de sen git hanım. Erkek olmayan eve ben gitmem bilirsin.

— O nasıl söz bey baba. Maksimilyan bizim evin erkeği sayılmaz mı?

— Olsun kızım. Annene selamımı söylersin olur biter.

Selime Hanım çok üzgündür. Zorlu geçen günler yaşamış, ama kahrını gizli tutmayı başarmıştır.

Haftalar su gibi geçer.

Her şey hazırlanmıştır. Düğün gayet güzel olacaktır.

Sabretmeyi asiller başarır.

GÖNÜLLÜ YOLCULAR

Maksimilyan, Cennet'le evlenir ve Avrupa'ya uçarlar. Hemen hemen her genç gibi, Avrupa'yı Cennet gibi zanneden Maksimilyan havaalanında iner inmez yaşar yanılgı şokunu. Havaalanında Türkiye'de dilenci görmemiştir, ama Avrupa'da görmüştür.

Avrupa'nın nefesi ona soğuk gelmiştir. Ama pek önemsemez. Çünkü onun arzusu, tek emeli, tek düşüncesi, tek hülyası, tek dünyası yârine kavuşmaktır ve ona kavuşmuştur. Kavuştuktan sonra, dünya umurunda olamazdı artık. Maksimilyan'a göre, hayatta bir dert vardır. O da Cennet'ten dünyada ve ahirette ayrı düşmektir.

Ona söylenen sözler, bazen önem vermese de aklına gelir. Kendini bilmezlerin sözleri zihninde canlanır: "İthal damat, Avrupa'dan kız almak neymiş, Avrupa senin burnundan getirilince anlarsın. Özellikle, karın sana, 'Benim sayemde aç karnını doyurdun.' dediğinde, dünyanın kaç bucak olduğunu bileceksin."diyordu sesler. Ama o bu sözlere aldırış etmemeyi hedefler hep. Kendi kendine verdiği moral de aynıydı. "Benim eşim öyle bir söz söylemez, ailesi söylerse söylesin, onların kendi cahilliği olur. Ben kompleksli biri değilim, cahil sözüyle dünyamı neden zindan edeyim veya ailesinin hataları yüzünden kızlarına zulmedeyim." deyip geçmişti. Fakat şimdi düşünüyordu. "İnsanlar, neden büyü gücüne sahip sözlerle, insanların kalplerini bozarlar?"

Maksimilyan ilk iş olarak çevresini araştırır.

Türkler sokağı adı verilmiş olan, sokakta yerleşmişlerdir... Üç katlı eski bir binada altı daire vardır. Birinde Hıristiyan Alman bir kadın, diğerlerinde Müslüman aileler vardır. Yan binada Türkiyeli, Afrikalı, birkaç aile de Avrupalı aileler yaşamaktadır. Binada da Türkiye'den gelen üç damat ile iki gelin vardır ve sıfatları ithal damat-ithal gelindir. Sokağın girişinde bir market, yanında kıraathane, bir sokak ötede de meyhane ve benzeri yerler vardı.

Müslümanların bulunduğu her sokakta olduğu gibi, bu sokakta da çocuklar çoktur. Birinci katta oturan Alman Sabrina'nın hayatta kalan tek akrabası ablasıdır. Bir de çocuğu vardır. Çocuğu büyümüş ve özgürlük adına kendisinden uzakta oturmaktadır. Ayda yılda bir bile annesini hatırlamaz. Bunun için çocuklara özlemle bakar Sabrina. Çocuklara pencereden bakarak gününü geçirmektedir. Yaşlanmıştır... Tek çocuk dünyaya getirdiği için pişmandır. Gençlik yıllarında vücudu bozulmasın diye çocuk yapmamıştı, ama şimdi hatasını görmüş, sık sık "Avrupa'nın her şeyi iyi olsa bile, bu çocuksuzluk bizi yıkacak, zina özgürlüğü yuva kurma ihtiyacını gençlerden alıp götürüyor." diye dert yanar. Müslümanlara karşı ablası gibi kin kusmuyor, bilhassa Müslümanların gördüğü hakaretlerden dolayı üzülüyordu. Aynı katın karşı dairesinde de bir "ithal gelin" vardı: Derya. Türkiye'de İmam Hatib Lisesini bitirmiş, kültürlü biridir. Fakat Almanya'ya adeta yanmaya gelmiştir.

Binada herkes işe gitmektedir, Derya evdedir ve çok da sıkılıyordur. Kocası bazı geceler eve gelmiyor, Derya da kocasının ailesine ateş püskürüyordu."Kötü yoldaki oğulları düzelsin diye beni almışlar. Erkek konusunda çok tecrübeli olan kadınların elinden oğullarını alacak ve kurtaracakmışım. Erkek uzmanı olmuş kadınların elinden ben onu nasıl kurtarayım? Zevki haramlardan almaya alışkın bir erkeği ben nasıl düzelteyim. Üstelik dini öğrenim gören biri de değil ki, günün birinde yanlışını anlayabilse, beni yaktılar." diye dert yanıyor, bunalım içinde yaşayan Derya konuşacak kimse bulamıyordu.

İkinci katta Maksimilyan ve eşi kalmaktadır. Karşı dairede de Cennet'in anne babası, babaannesi, bir de kimsesiz kalmış yakın akrabalarından bir kadın vardır. Adı Sennure. Sennure Almanya'da emekli olmuş, kocası ölünce çocukları evlerinde onu istememişler, o da her akrabasında birer ay kalmak şartıyla yaşamaktadır. Herkesçe huysuz olarak bilinen Sennure, Maksimilyan'ı sevmiştir.

Üçüncü katta, "ithal damat" diye anıldığını sanan kompleks dolu yaşayan, eşine de dünyayı zindan eden Ali vardır. Kompleksinden, hem kendini hem de eşini yıpratmıştı. Ali'nin karşı dairesinde karı koca vaizler vardı. Türkiye'den getirtilmiş. "Tek cemaat bizimdir, diğer cemaatler batıldır." demedikleri için işlerine son verilmiştir. Bir gurup tarafından Türkiye'ye gitsinler diye her yola başvurulmuş, hatta iftiraya bile maruz kalmışlardır. Türkiye'ye dönsünler diye polise bile verilmiştir bu karı koca. Onlar da, Türkiye'deki düzenleri yıkıldığı için, geri dönecek durumları yoktur,"Avrupa'da el eline bakmak, kahırdan daha şiddetli kahır, zehirden daha etkili zehir, ölümden daha büyük bir ölüm yok." derler.

Maksimilyan diğer yeni gelen damatlar gibi, işe başlayacağı günü bekler.

Cennet, evlilik iznindedir. Bir hafta sonra izni bitecektir, Maksimilyan da, evde yalnız kalacağı için şimdiden üzülmektedir.

Cennet, kısa boylu, kumral, kısa saçlı, hafif makyaj yapan bir genç kadındır. Maksimilyan Cennet'ten çok uzun boyludur. Bu durumu ikisi de kompleks yapmaz. İkisi de sevdiğine kavuştuğu için mutludurlar.

Cennet, küçük yaştan beri âşık olduğu sevdiğine kavuşmuştu. Onun gözü şimdilik hiçbir şey görmüyordu; "Sen benim yüzümden mağaralarda yaşadın, ben de senin için, gerekirse çadırda yatarım." diyordu Maksimilyan'a; ama çevre Cennet'in sözünde duracağına ihtimal bile vermiyordu.

Anne babasına düşkünlüğü ile tanınmıştı Cennet. Bir şirkette muhasebeci olarak çalışıyor, Maksimilyan iş buluncaya kadar, evi o geçindiriyordu.

Kayınpederiyle tanıştığı günü sıksık hatırlar Maksimilyan. Çünkü adamın nasıl bir zihniyete sahip olduğunu anlayamamıştır.

Kayınpederinin duruşu, sözleri Maksimilyan'ı rahatsız etse de üzerinde durmaz. Haricinde, her şey çok güzel gidiyordu Maksimilyan ve Cennet'in dünyasında.

* * *

Aradan birkaç hafta geçmişti. Maksimilyan'a ilk darbe gerçekleşiyordu. Cennet'in annesi börek yapmış yeni evlileri çağırmıştı.

Güzel güzel neşe içinde yemeklerini yerken, Cennet'i gülme krizi tutmuştur. Babasının ikazıyla karşılaşır:

— Ne gülüyorsun Cennet, koca görmemişler gibi?

Cennet çok şaşırmıştır. Şaşkınlıkla babasına bakarken, misafir olan akrabaları Sennure Hanım devreye girer:

— Koca da koca olsa bari. Allah'ın dağından gelen, ayıdan kendisine koca yaptı.

Cennet çıldırmış gibi akrabası olan hanımın üzerine yürürken, Maksimilyan kolundan tutar:

— Otur canım, sakin ol. Cahillerin sözüyle yıpranma. Bana "ayı" demekle ben ayı olmam canım, sen üzülme. Ayrıca, dağdan gelsem ne olur ki. Kendi nereden geldi bilmiyorum, ama bizim kadar kaliteli yerden gelmediği çok belli.

Sennure susmuyordu:

— Utanmadan bir de konuşuyor!

Cennet'in babası söze girdi;

— Utanmak erdem ister.

Cennet şok geçiriyordu;

— Baba! Baba sen ne konuştuğunun farkında mısın?

— Farkındayım. Sen evlendiğin günden beri bizi unuttuğunu, daha şimdiden kocana taptığının farkında mısın?

Cennet âdeta donup kalmıştı.

Maksimilyan, akrabasının suçunu, karısına ödetmeyecek kadar asil ruha sahipti. Sakin sakin hanımına seslendi:

— Kalk canım, şimdi gidelim sonra yine geliriz. Baban seni çok sevdiği için, bana olan sevgini kıskanmış belli ki.

Cennet'in kocasına bakacak yüzü yoktur. Annesi de şaşkındır:

— Bizim adamı bu gün acaba cin mi çarptı? Yapısında olmayan tavırlar sergiliyor. Ya da bu zamana kadar ben mi yapısını anlamadım.

Adam iyice sinirlenmişti:

— Bana bak kadın! Bir de sen üstüme gelme, kırarım kemiklerini!

Cennet ağlıyordu:

— Anne! Babamı doktora götürelim anne! Babam aklını oynatmış.

Bu sözü kızından duyan baba iyice çıldırmış, sofrayı dağıtmıştı:

— Terbiyesizleşmiş Cennet Hanım! Babasını da beğenmez oldu. Beğendiği bâri bir şeye benzese!

Maksimilyan hayretle izliyordu olanları. Karısını alıp evlerine geçtiler.

Cennet ağlıyordu.

— Sana bunu nasıl yaparlar ya? Senin gibi birine bunlar söylenir mi? Ben senin yüzüne nasıl bakacağım?

Maksimilyan gülüyordu:

— Canım benim. Beni tanımıyorsun. Beni sadece senin sözün kırar, üzer, kahreder. Senden başkası bana ne söylerse söylesin umurumda değil. Kadın cahil. Baban da seni çok sevdiği için beni kıskandı. Hani, bazı kaynanalarda görünen bir hal vardır ya, oğullarının eşlerini kıskanırlar. Sanırlar ki, oğulları artık kendisini sevmeyecek, halbuki anne sevgisi başkadır, eş sevgisi başkadır. Hiç kimse kimsenin yerini dolduramaz, ama bilmezler. Baban da öyle işte.

Cennet ağlamayı bırakmış, hayranlıkla kocasını dinliyordu:

— Sen ne kadar mükemmel bir insan ve ne kadar mükemmel eşmişsin böyle. Doğrusu senin bu kadar kültürlü bu kadar yüksek şahsiyetli, bu kadar sabırlı ve anlayışlı olduğunu bilmiyordum. Sen... Sen nesin ya? Cennetten filan mı geldin?

— Yok canım, Allah'ın güzel bir memleketinden geldim.

— Ya, inanamıyorum Maksimilyan. Bana rol mü yapıyorsun? Hiçbir erkek böylesine büyük hakaretlere gülüp geçemez. Üstelik hırsını karısından çıkartır. O kadın bir ömür boyu anne babasının ya da diğer akrabalarının yaptıklarının bedelini öder. Eğer rol yapmıyorsan, ben çok şanslı bir kızım. Senin gibi anlayışlı birine rastladım.

Maksimilyan kendisinden bahsetmeye başlar:

— Bak canım, güzeller güzeli sevdiğim, sana kendimden bahsedeyim. On sekiz yaşımdan sonra, baktım ki evliler hiç geçinemiyor. "Demek ki ben de böyle olacağım, o halde çok okumalıyım." dedim. Evlilikle ilgili kadın ruhunu anlatan kitaplar okudum. Kendimi geliştirdim. Mağarada yaşadığım dönemler bile hep okudum:

— Sahi, mağaradaki günlerinden bahsetsene. Belki bu arada babamların yaptıkları ayıbı unuturum.

Aynı çekyatta oturmuş, sohbeti koyulaştırmışlardı:

— Anlatayım canım. Babama seni istemesini söyledim; "Ölürüm de bu iş olmaz, o kızı unut." deyince dünyam yıkıldı.. Ben de, asla unutamayacağımı seni mutlaka alacağımı, gerekirse seni kaçıracağımı söyledim. O zamanda bana ne dese iyi, "Vallahi tallahi, şart olsun seni öldürürüm." dedi.

Çıldırdım.

Bu arada imtihanlarım vardı.

Zihnim allak bullak olmuştu. Zar zor bitirdim imtihanları.

Babamla tekrar konuştum. "Seni reddederim." dedi. "Baba" dedim, "bana kıyma," dedim. "Giderim buralardan. Ben de seni reddedecek duruma gelebilirim." dedim. "İstediğini yap, Cennet'i unut." dedi. "Olmaz, çünkü olamaz baba, ben Cennet'imi unutamam." dedim.

Ne yaptıysam babam gönül dünyamı anlamadı. Ben de, babama acı vermek istedim, annemden yatak yorgan aldım, mağarada odundan ve çalı çırpıdan divan gibi bir şey yaptım. Fener aldım. Bir çuval unla, bir çuval patates ve tüm ihtiyaçlarımı aldım. Gittim mağaraya. O mağaraya babam bizi bir kez götürmüştü. İlk günler, bayağı deli gibiydim, sonra toparlandım. Kitap okumaya başladım. Gündüzleri ormanda gezdim. Hep ağlıyor, "Cennet'im, sensiz yaşayamam." diye diye geziyordum. İki ay sonra Dereli'ye inip anneme telefon açarak kaldığım mağarayı bildirdim. Yıllar önce orda hep beraber avlarımızı pişirip yemiştik. Kararlıydım, babam ikna olana kadar orada yaşayacaktım. Onu korkutmaktı kastım. Orda, seni bekliyordum, Seninle konuşup kaçıracaktım seni. Ne bileyim. O günlerim film gibi bir şeydi edebiyat gözlü yarim. Mucitliğim de ilgi görmemişti. Köylerde marangoz atölyesi projem vardı, ona da destek bulamadım. Bunca derdim yetmiyormuş gibi bir de sensizliği kaldıramazdım. Kısacası, kafayı biraz yemiştim. Allah'tan, zeki ve biraz bilgiliydim de kendimi kurtardım.

— Benim için neler çektin. Şimdi de burda benim ailemden çekiyorsun. Utanıyorum, ama bir şey sormak istiyorum. Ben hâlâ anlamadım Maksim. Baban, beni neden istemiyormuş?

— Avrupa'daki kızlar, kızdıkları zaman kocalarına "Senin aç karnını ben doyurdum, benim sayemde Avrupa gördün," derlermiş. Bir de kızlara iftira atıyorlar. Anlayışsızsa bunu erkek de yapar. Bazı insanlar, kadın erkek ayırmayalım, kızdıkları zaman eşlerinin canını yakmak için onların en kahrına gidecek lafları seçerler. Daha önce hiç düşünmediği sözlerdir üstelik o sözler. Bana söylense de vız gelir. Sanki ben Avrupa manyağı olmuşum gibi alıngan olamam. Avrupa'yı güzelleştiren sensin, sen olmasaydın ben buraya adım bile atmazdım, bana inan. Benim köyümü, Avrupa'nın tümüne değişmem. Ama işin içinde sen olunca, cehennem hariç her yere razı olurum.

Cennet aynı hayranlıkla dinliyordu kocasını:

— Bana da "O seni döver, zorla seni kapatır." dediler. Ben de onlara, "Zorla kapatsa kız kardeşini kapatırdı." dedim.

Maksimilyan biraz duraklamıştı:

— Ne yani, zorla başını örtecek olsam, benden vazgeçecek miydin?

Maksimilyan'ın kalbi âdeta çıkacakmış gibi heyecanlıydı. Nefes almadan Cennet'in cevabını bekliyordu:

— Hayır! Ben sana gerçekten âşıktım. Bir başörtüsü uğruna seni feda edemezdim, ama örtünmek istemediğim için örtünsem de çok mutsuz olurdum.

Maksimilyan derin bir nefes almıştı:

— Ohhh! Allah'a şükürler olsun ki, beni başını açmak uğruna feda etmediğini öğrendim. Ama bir yanlışın var. Benim kız kardeşim yok.

— Nasıl yani? Abla dediğin kim?

— O mu? O evlatlıktı. Annem çok acımıştı ona. Onu küçük yaşta kimsesiz kaldığı için almış büyütmüş. Artık aile içinde bizden biriydi Gülden. Ben de onu ablam gibi gördüm. Şimdi Amerika'da. Kocası uçak mühendisi. O da Gülden'e ilk gördüğünde aşık olmuş. Ailesi istememişti, ama eniştemiz kararında ısrar etti. Gülden'in hayatı da bizimki gibi, on yıl sürecek uzunlukta dizi olur.

— Ee bu ne demek oluyor Maksim?

— Ne demek oluyor? Konu açıldı, sen istedin ben anlattım. Rahatsız mı ettim?

— Hayır fakat.

— Fakat ne?

Bazen anlamsız konuşmalar yapsalar da birbirlerini tanımışlardır.

İkisi de hayatlarından memnundur.

Pazartesi işbaşı yapacaktı ve günlerden pazardı. Cennetin annesi arada bir uğruyor, onları teselliye çalışıyor, Maksimilyan'daki olgunluğu gördükçe hayretler içinde kalıyor ve bu defa kendisi teselli bularak evine dönüyordu. Maksimilyan pazar akşamı kayınpederine gitmiştir. Kapının ziline bastığında kapıyı açan kayınpederdir.

— Ne var?

— Sizinle konuşmak istiyorum. Müsaade eder misiniz?

Kayınpederin kaşları çatıktır:

— Ne konuşacaksın?

— Hele, içeri davet ediniz de anlatayım.

Zoraki bir davetle davet edilmişti Maksimilyan.

İçeri girip koltuğa oturur. Misafir Sennur Hanım da, Maksimilyan'ı görünce odasına çekilmiş, kayınvalide temizlik işine gitmiştir.

Kaşları çatık kayınpeder sorar:

— Hadi, ne diyorsan de de…

— Sonra git, diyorsunuz. Sizi anlıyorum. Tabiî ki gideceğim. Size bir şey sormak istiyorum. Kızınızdan ayrılıp Türkiye'ye dönmemi ister misiniz?

Adam ayağa kalkmış, çoktan kızının kapısında bitivermiş, hızlı hızlı kapıya vuruyordu;

— Cenneeeet! Kapıyı aç da, kocanın rezaletini duy!

Cennet kapıyı açınca babası bağırarak anlatıyordu:

— Kızım, meleğim, bebeğim benim. Gördün mü, kocanın ne mal olduğunu anla, gelmiş bana ne dese beğenirsin?

Cennet sözünü keser babasının:

— Kızınızı bırakıp Türkiye'ye döneyim mi, diye sordu değil mi?

Adam çok şaşırmıştı:

— Na… Nas… Nasıl yani? Sen nasıl biliyorsun?

— Bana söyledi.

Adam feci bozulmuştu:

— Neden böyle bir şey yaptı ki? Zaten benim sana söyleme sebebim de buydu. Kocana ne oldu böyle, diye senden öğrenmek istedim. Seni deli gibi seven bir adam neden böyle konuşuyor, diyecektim.

Maksimilyan verdi cevabı:

— Allah razı olsun. Yine bizi düşünmüşsünüz. Ayrıca, deliler sevmez efendim, ama aşırı sevenler deli gibi olurlar. Cennet'in bilme sebebi de, size böyle bir soru soracağımı ona söylemiştim. Sizin üzüleceğinizi de.

Babası sinirle kapıyı çarpıp içeri girdiğinde Maksimilyan da kendi evine girmişti. Cennet şaşkınlık üzerine şaşkınlık yaşıyordu:

— Galiba çok işimiz var Maksimilyan. Bunlar hiç hesapta yoktu. Bir gün benden bıkmandan ve çekip gitmenden korkuyorum. Babam ne kadar saçmalıyor, değil mi?

— Tıpkı, gelinini oğlundan kıskanan kaynanalar gibi.

İyi ki okudum, bunları biliyorum. Bilgi insanı düzeltir. Öyle olmasa bilgi ne işe yarar ki? Bir yerde okumuştum, "Her disiplinli çalışmanın, mutlaka birden çok güzel neticesi vardır." diyordu. İlk güzel neticesini gördüm işte. Arkadaşlarım, kızlarla çapkınlık yaparken ben, disiplinli bir şekilde okuyordum.

Her şeye rağmen, insan ne kadar okursa okusun, evliliği yürüten en büyük etken, birbirlerini seven ruhlardır. Galiba benim gönül mücadelemin hikayesi bitmedi. Yolculuğum devam ediyor. Fakat bu kez rahatım çünkü seninle beraberim bu kez.

Cennet, hâlâ kendisine gelememişti. Evin içersinde dönüp dönüp aynı şeyleri söylüyordu;

— Anlayamıyorum, babam nasıl olur da böyle kabalaşabilir. Aklımı oynatacağım. Babam kültürlü bir insan. Onu böyle görmek...

— Yeter artık üzülme. İsmet Özel'in dediği gibi, "İnsanlar hangi dünyaya kulak kesilmişse, ötekine sağır" oluyorlar. Bu söz çok boyutlu, alanı çok geniş bir söz, ama babalarımız için kullanabiliriz:

— Fakat nasıl olur, benim babam, şefliğe kadar yükselmiş bir insan:

— Sen Victor Hugo'yu okumadın mı? Sana o kitabı göndermiştim. Ne diyordu; "Ne yazık ki, yükselmiş olmak düşmeyi engellemez. İyi olmak kolaydır, zor olan âdil olmaktır..." diyor.

— Ama benim hayallerim bu değildi Maksimilyan. Ben pembe geceler, gökkuşağı renginde gündüzler hayâl etmiştim. Babam beni şok etti:

— Üzülme, bunların hepsi geçer canım. İmtihan dünyası, hepten hayallere göre yürümese de, hepten uzağında gitmez. Bazen zehir, bazen şerbet içilen bir âlemdeyiz. Hadi artık üzülmeyi bırak.

Ağlıyordu Cennet:

— Nasıl bırakabilirim? Ailem sana kibar davransın isterken, şunların yaptığına bak.

— Sen hatayı, hayatında kötü hiçbir şey olmayacakmış gibi hayaller kurup, kendini mükemmel hayata hazırlamakla yapmışsın. Aksi olunca da böyle sarsılıyorsun.

— Ya sen anlayışlı olmasaydın ben ne yapardım? Bir aylık evliyiz, bu yuva yıkılırdı:

— Aynı hata benim ailemden de gelebilirdi. Ne olur, bu konu artık kapansın.

— Düşünüyorum, düşünüyorum ama...

— Düşün, düşünmek Eflatun'a göre, ruhun kendi kendisiyle konuşmasıdır.

— Yarın da işe gideceğim. Zannedecekler ki, seninle aramız kötü:

— Üzülmeee! Bunlar da geçer. Dünyadaki bencil insanlar, öteki insanların huzurunu bozmasalar zaten herkes mutlu olurdu. İnsanlar, öleceğini düşünmüyor da, acaba altın kulplu bir tabutum olur mu, diyor. Sen aldırma onlara. Kendi hayatına bak.

Maksimilyan ne konuşsa, Cennet'in üzüntüsünü gideremiyordu. Aslında Maksimilyan da üzülmüştü. Daha ilk ayında bunları duymak zordu. Fakat Maksimilyan imtihan dünyasına göre donatmıştı zihnini.

Hemen aklına geleni yaptı. Bavulundan not defterini çıkarıp, karısının dikkatini dağıtacağına inandığı notları okumaya başladı.

— Bak canım, Şurda güzel notlar aldım. Birkaçını sana okumak istiyorum... İster misin?

Cennet koltuğa oturup, üzgün tavrını sürdürerek cevap verdi;

— İsterim.

— O halde dinle.

"Eğer, çocuklarınızın problemlerini dinlemezseniz, onlarda sizin bulduğunuz çözümlerinizi dinlemezler." Z.Z.

"Ana sıcaklığından mahrum kalanları, hayatı boyunca hiçbir güneş ısıtamaz." Bu söz kimin bilmiyorum. Bu sözü okuyunca, kendi kendime dedim ki, karım ne kadar kötü olursa olsun, çocuklarımı, kendi nefsim kendi mutluluğum için asla annesinden ayırmayacağım.

Cennet gülmüştü;

— Ne tesadüf, ben de babasız koymayacağım, dedim. Ama bu söz bir yerde geçersiz olur. O da nerde biliyor musun, ana sıcaklığından, ya da babadan mahrum kalanlar, senin gibi candan seven ve çok anlayışlı eş bulsalar inan bana, ısınırlar. Gerçi ana sevgisi farklıdır da... Babam böyle sözler duyunca, çok kızıyor. "Baba sevgisi sevgi değil mi? Değilse ne?" diyor. İyi de ben ne yapayım. Tanrı öyle yaratmış değil mi? Dokuz ay aynı anne karnında yaşayınca, çocuk o sıcaklıktan kopmak istemiyor tabi. Ee notlarında başka ne var?

— Çok hoşuma giden bir şey daha var.

"Soba etrafında yapılan aile sohbetleri, okulların en büyüğüdür." Bütün anne babalar bu noktayı iyi bilmeliler. Ben kendimi baba olmaya iyi hazırladım, sanıyorum.

Hocalarımdan biri,

"Çocuk eğitiminde denge çok önemli, baba kızı daha fazla sevince, erkek çocuk annesini modelliyor, babası tarafından sevilmek için kız olmak istiyor." demişti de dehşete düşmüştüm. Sonra ne oluyor biliyor musun, o erkek çocuğun tavırları kadınlaşıyor. En çok önem vereceğim konulardan biri de bu olacak inşaallah. Eşcinsel olan insanların altyapısında anne baba ile toplum var yani.

— Yani, çocuğunda cinsel bozukluk olanlar kendilerini gözden geçirmeli diyorsun. Ya da anne baba olmadan önce insan güzel hazırlanmalı?

— Çoğunlukla evet. Baba zalim olursa, erkek çocuk erkek olmak istemezmiş. Bütün erkekleri kötü sanırmış. Kadın olmaya çalışırmış. İnsanlar bunları, bilmiyor.

Bitmedi notlarım. Bak daha neler var:

"Aşkın uzun sürmesi, kapasiteyle ilgilidir."

"Sorumluluk, dıştan gelmez, içten dışa yansır."

"Çocuk anne ve babasını beğenmezse, nefret eder."

"İlişkide, kimin güçlü olduğunu anlamak istiyorsanız, ilişkiyi, kimin götürdüğüne bakın."

Ben bu sözle, Amerika ve diğer sömürgeci ülkelerdeki aileleri hatırlıyorum. İlişkiyi, iki tarafın görevini yerine getirmesi yürütürse, kimse kimseyi, sömürmez, ezmez.

"Farklılıklar, üstünlük değil, zenginliktir."

"Yeryüzündeki bütün bilgilerin tamamı altı kategoriye ayrılır:

"1. Dinî bilgi
2. Teknik bilgi- Teknoloji
3. Sanatsal bilgi
4. Felsefi bilgi
5. Bilimsel bilgi
6. Güncel bilgi

Sana bir şey itiraf edeyim Cennet: Bu altı kategoriyi okuyuncaya kadar, teknolojik bilgileri, tıbbi bilgileri bilimsel bilgi sanıyordum. Meğer bilimsel bilgi çok farklı bir şeymiş. Ve asla kesin bilgi değilmiş, daima, yanlışlanabilir bilgilermiş. Dinin değişmez yönlerine benzememek için, dogma olmamak için, bilimsel bilgilerde kesinlik olamazmış. Ne müthiş gavurluk değil mi? Dine, dogma dedikleri için, bir bilgi kesin de olsa 'kesin' demiyorlar, İslam'a benzememek için daha doğrusu İslam'a düşmanlıktan dolayı ufuklarını inadına daraltıyorlar. Bu yolla da düşmanlıklarını gösteriyorlar. Bence bilimsel düşmanlık denmeli buna.

Sıkıldınsa artık okumayayım.

— Yoo! Sıkılmadım, sıkılmadım. Lütfen devam et.

— Teşekkür ediyorum. Nesiller Öyküsü diye bir seri var, on altı kitaptan oluşuyor. Ondan da şu notları aldım:

"Haklı boyun eğmez."

"Ölçünün bozulduğu yerde, doğrular zaten bozulur."

"Kötü günlerin en büyük tesellisi, dua edebilmektir."

"Umudu olanın yolculuğu bitmez."

"Fenni buluşlar aklın, akıl da Allah'ın eseridir."

"Umudu ölen, psikolojik ölümle ölmüştür."

"Başarı tesadüfen elde edilemez."

"Fizik kuralları, milim milim, Allah'ın varlığına delildir."

"En alıngan insanlar, ya suçlular, ya cahiller ya da itilmiş ezilmiş olanlardır."

"Çocuğa yersiz yerde ceza veren, ceza gerekli olduğunda ne yapacağını şaşırır." J. J.

Cennet okumayı kesmişti.

— Bakıyorum da, bayağı dinci yönün var. Hep o yönde notlar almışsın.

Maksimilyan, defteri kapatıp sorar:

— Nasıl yani?

— Rengin neden değişti?

— Sorunu anlayamadım. Ne demek dinci?

— Neden öyle bozuldun? Dinci dedim.

— Ben dinci sıfatından nefret ederim. O ismi Müslümanlara, İslâm düşmanları takmış. Ayrıca dinsiz olmamı mı isterdin?

Maksimilyan yine nefesini tutmuş cevabı bekliyordu.

— Hayır! Dinsiz olmanı istemem, aşırı olmanı da tabi...

— Ben de zaten aşırı değil, eksiği olan bir Müslümanım. Hem aşırı dinci sözü de, aşırı dinsizlerin uydurmalarıdır. Dinimizde öyle bir kavram yok.

* * *

Pazartesi sabah saat altıda kalkmıştı Cennet. Maksimilyan uyuyordu. Cennet, kahvaltısını yapıp üzerini giyindi. Bir not yazıp kocasının göreceği yere bırakırken, Maksimilyan bunu hissetmiş, uyanmıştı:

— Nereye canım?

— İşe gidiyorum. Bu günü biliyorsun.

Maksimilyan kalkıp yatağında oturup gözlerini ovdu.

— Ben şimdi sensiz nasıl duracağım? Seni akşama kadar görmeyince...

Maksimilyan'ın gözleri, Cennet'in bluzuna ilişmişti.

— Cennet!

— Efendim!

— Gözlerim mi yanlış görüyor, senin göbeğin belin açık mı?

— Evet açık.

Hızla yatağından kalkan Maksimilyan sordu:

— Sen şimdi işe göbeğin açık mı gideceksin?

— Eveeet! Bi şey mi oldu?

— Olmaz, böyle şey olamaz. Benim karım Allah'a bu kadar âsi gelemez. Ayrıca, benim karımın göbeğini benden başka erkek göremez!

— Bunun âsilikle ne ilgisi var? Herkes giyiyor. Moda bu.

Maksimilyan, evleneceği kızla giyim kuşam konusunu hiç konuşmadığının pişmanlığını yaşar bir an. Ama belli etmeden ağır sorusunu sorar:

— Herkes moda deseydi, başka yerini de gösterecek miydin? Zaten modanın kadın vücudunda sergilemediği çok az bir yer kaldı. Ayrıca, biz herkese göre mi yaşayacağız? Bir Müslüman kadın göbeğini nasıl açar? Açarsa onda İslâm ruhu kalır mı?

Kocasının sözlerini tam olarak kavrayamayan Cennet, sakin sakin cevap verir:

— İnsan başka türlü nasıl yaşar? Bu toplumda, bu toplumun kuralları geçerlidir.

Maksimilyan duyduklarına inanamıyordu. Başını ovarak olduğu yere diz çöktü.

Cennet şaşkın halde sordu:

— Ne oldu Maksimilyan? Bu bluz seni çok mu üzdü?

— Ne demek? Kendimi kaybettim:

— Niçin kaybediyorsun ki, madem sen üzüleceksin ben de giymem.

Sevinçle kalkıp karısına sarılmıştı Maksimilyan:

— Sağol canım. Sağol bitanem. Gerçekten bir daha giymeyecek misin?

— Lafı mı olur canım? Senin üzüldüğün kıyafetin içinde ben nasıl mutlu olurum? Ayrıca, sen haklısın tabi. Biz de Tanrı'yı hepten boşverdik. Sanki yokmuş gibi yaşıyoruz.

Tanrı mı, Allah mı?

— Ne fark eder.

— Tanrılar çoktur, ama Allah tektir değil mi canım?

— Ama ben o manada demiyorum ki, kastım Allah.

—Öyle bile olsa, Allah'ın bildirmediği bir isimle onu anmasan daha iyi değil mi? İlla "anacağım," diyorsan sen bilirsin.

— Yok canım, madem ki, Kur'an'da "Tanrı" diye geçmiyorsa, ben niye kullanayım.

— Sen bir meleksin canım. Ne kadar güzel huyun var böyle. Doğru olan her şeyi kabul ediyorsun:

— Sen de öylesin canım. Sen çok özelsin. Hadi ben geç kalıyorum. Sakın sıkılma emi. Sıkılırsan kıraathaneye takıl:

Cennet kapıdan çıkarken, üst kattaki Ali de karısıyla kavga ede ede aşağı iniyordu:

— Bana bak bana! Ben senin bildiğin erkeklerden değilim, tamam mı? Ben kılıbık olmam ulan! Sen yanlış kapı çalmışsın! Ben erkek doğdum erkek ölürüm! Kek olmam anladın mı?

Cennet'le aynı hizaya gelmişlerdi.

Ali, Cennet'e elini uzatıp tokalaşmış sonra da tebrik ediyordu;

— Hoş geldin Cennet be. Tebrik edęrim evlenmişsin.

— Sağol Ali Ağabey.

— Sakın sen de benim hanıma benzemeyesin ha!

— Senin hanımda ne var ki?

— Ne olacak, beni küçümsüyor.

Bu arada Maksimilyan kapıdan başını uzatmış, merdivenlerden aşağıya, eşiyle beraber inen adama bakıyordu.

İçinde ince bir sızı hissetti.

* * *

Günler akıp gidiyor. Maksimilyan işe gireceği günü bekliyordu. Evde uzun süre oturuyor, kitap okuyor, notlar alıyordu. Bir ara sıkılıp üst katta oturan hocanın zilini çaldı. Kapıyı açan hocaydı, onu bir kez daha görmüştü. Kendisiyle tanışmak istediğini, evde çok sıkıldığını anlattı.

Hoca, hüzünle cevap verdi;

— Bu ülkede, damatların ve gelinlerin kaderi haline geliyor sıkıntı. Buyurun bizde sohbet edelim. Aslında benim çoktan sana gelmiş olmam gerekiyordu; ama bazı işlerimiz çıktı, zaman bulamadım:

— Sağlık olsun hocam.

Sohbete başlamışlardı. Maksimilyan istediğini dile getirdi;

— Çok iyi bir eşim var hocam. Ama onun işe gitmesi, benim hâlâ işe girememem canımı sıkıyor. Yoruluyor kadıncağız. Yemeği, çamaşır işlerini ben yapayım, diyorum, o bir de evde yorulmasın; ama beceremiyorum. Keşke annem bana yemek yapmayı öğretmiş olsaydı. Yenge hanım bana fasulye ile pilav pişirmeyi tarif eder mi acaba? Bugün eşime sürpriz yapmak istiyorum.

Hocanın hoşuna gitmişti bu anlayış:

— Aferin. Nasıl oldu da kompleks yapmadan ev işi yapmaya kalkan bir Türkiyeliye rastladım bilemiyorum. Arkadaş, öyle erkekler var ki, lokantada erkeklerin pişirdiğini yer, evde yemek pişirmeyi erkeklikten çıkmak gibi bir şey görür. Yerken iyi, yemeği yaparken kötü. Bu nasıl anlayış anlayamıyorum. Hani, hanımı dışarda çalışmıyor olsa, neyse diyeceğim. Hanıma söyleyeyim, sana liste yazsın.

Çok geçmeden liste Maksimilyan'a verir. Listeyi alan Maksimilyan evine dönüp yemek hazırlar.

* * *

Maksimilyan ve Cennet'in huzuru kaçmıştı. Cennet özellikle babasının yaptıklarından dolayı kahroluyordu. Bu durumu fark eden Maksimilyan, Cennet'in işte olduğu bir saatte, hiçbir şey yokmuş gibi kaynatasının kapısının zilline basmış, bir şeyler istemeyi bahane ederek içeri girmişti. Misafir akrabadan da, kaynatasından da bir hakaret geleceğini biliyordu; ama yine de "İnsana doğrular anlatılmalı." gerçeğinden haberdardı.

Kapıdan girince "Selamün Aleyküm" demesi bile kaynatasının sinirlerine yetmişti:

— Ne o! Çağlar ötesinden gelen selamı kullanıyorsun. Tanrı Arapçadan başka dil kabul etmiyor veya bilmiyor mu?

Maksimilyan, birdenbire, üzerine kaynar su dökülmüş gibi hissetmişti kendisini. Gülümseyerek cevap verdi;

— Güneş de çağlar ötesinden geliyor. Ayrıca, bütün lisanları Allah yarattı ve her lisanı, hatta kulların uydurduğunu da kelime kelime, harf harf bilir. Arapça Kur'an'ın lisanıdır, Allah'ın lisanı demek, Allah'ın ilmini sınırlamak olur. İslâm'da değişmez, evrensel kurallar vardır. Bunlardan birkaçı: Müslümana selamûn aleyküm demek. Bir işe başlarken, bismillahirrahmanirrahim, demek. Ben dini kavramların hepsini bilmiyorum. Siz Müslümansınız, diye selam verdim.

— Tünaydın da diyebilirsin, günaydın da.

— Onların hiçbir anlamı yok. Selamün aleyküm de, Müslümanın Müslümana duası var. Neyse, istemiyorsanız bir daha size selam vermem.

Cennetin annesi Selime Hanım çok üzülüyordu:

— Benim adam, benim gençken dine önem vermediğim dönemlerdeki gibi oldu. Selamı küçümsüyor. Öyle şey olur mu oğlum? Tabi ki selamını İslâmca vereceksin. Besmele, Muhammed ümmetinin anahtarıdır, derdi Subhan hocamız.

Maksimilyan konuyu yaptığı işlere getirerek, dini tartışmaktan kaçmaya çalışıyordu.

Gülümseyerek Selime Hanıma döndü:

— Anneciğim, kızın yoruluyor, bir de evde yorulmasın, diye ne yaptım ne ettim yemek yapmasını öğrendim.

Misafir akraba söze girdi:

— Başka işe yaramayan erkek tabi ki biraz kadınlaşacak. Hazıra konmak var mı?

Maksimilyan bozuntuya vermeden kaynatasına baktı baktı İbran Bey:

— Doğru söylüyor, madem ki işe yaramıyorum o halde böylece işe yaramış olurum. Öyle değil mi?

İkinci cevap Selime Hanımdan geldi;

— Seni tebrik ediyorum oğlum. Kendinden çok eminsin. Ben de senin gibiyimdir.

İşin hiçbir çeşidinden utanmam. Yeter ki düzgün iş olsun. Bakın ben emekli olmadan önce bir firmada yöneticiydim.

Şimdi gidip üç saat temizlik yapıyorum, bazıları beni kınıyor.

Hiç aldırmıyorum. Ben kendimden eminim.

Tuvalet bile temizlerim, hiç de utanmam. İçki satmıyorum ya.

İbram Bey sinirleniyor, hanımına bakıyor, sonra hırsla televizyon kumandasının tuşlarına basıyordu.

— Ne o hanım! Bu taş bize mi?

— Aman sen de "N" denilince nem kapma. Damadım hoşuma gitti. Onunla konuşuyorum.

Misafir kadın, yine bir yolunu bulmuş hakaretini kondurmuştu:

— Ne yapsın zavallı. Yağcılıktan başka çaresi yok.

Maksimilyan bu kadının bir ders alması gerektiğine inanmıştı artık.

— Siz beni Cennet'ten neden kıskandınız ben hâlâ anlayamadım.

Sonra mutfağa giden kayınvalidesine seslendi:

— Cennet, bu hanıma evlenmeden önce para mı veriyordu. Ya da çok sık hediye mi alırdı?

Kadın şok olmuştu.

Maksimilyan açıklık getiriyordu kadının durumuna:

— Ancak çıkarı kesilen insanlar böyle tavır sergiler. Ya işte böyle teyze hanım, "İstediklerini söyleyenler, istemediklerini duyarlar." Senin Cennet'ten bir çıkarın olmasaydı, bana gıcık olamazdın. Hayatta hiç kimse bana gıcık olmamıştır. Ben saygılı bir insanım, ama hak edene hakkını, uzun süre sabrettikten sonra veririm. Siz de görüldüğü gibi. Sabrımı, efendiliğimi suiistimal ettiniz.

Herkes şaşırmıştı.

Maksimilyan sonra da kayınbabasına döndü:

— Sizi de anlayamadım, Cennet'le evlenmeme izin verdiniz. Sonra neden bana karşı tavır alıyorsunuz? Bu, benden çok kızınızı üzüyor. Benim kötü çıkmam daha mı iyi olurdu? Bakın, Cennet kaç gecedir uyumuyor. Onu seviyorsanız, ne olur ona güzel davranın. Beni görmek istemiyorsanız, ben sizi rahatsız etmem.

İbran Bey bu sözlere aşırı derecede sinir olmuştu. Gözleri yuvasından çıkacak gibi fırlar:

— Bana bak, dağdan inme! Bana akıl mı veriyorsun? Defol evimden! Zaten en kısa zamanda sizi evimden atacağım.

Selime Hanım soğan doğrarken hızla odaya girip kocasına bağırmaya başlar:

— Sen galiba bunadın veya eceline susadın! Öyle bir şey yap, seni şu bıçakla bıçaklarım haberin olsun.

Maksimilyan şaşkındı:

— Allah Allah! Birdenbire neler oldu böyle? Doğrusu böyle bir şey hiç beklemiyordum.

Adam damadının üzerine yürür:

— Beklesen ne yazar lan! Defol şuradan! Senin yüzünden kan çıkacak.

Maksimilyan, sessizce kapıya kadar gelmiş oradan konuşuyordu:

— Size saygısızlık yapamam. Sizi Allah'a havale ediyorum. Sizden ricam, beni kovduğunuzu Cennet duymasın.

İbran, damadına "Sen hâlâ konuşuyor musun?" anlamında, ona terliğini fırlatır.

Maksimilyan nereye gideceğini bilmez bir halde merdivenlerden iner. Şaşırmıştır... Üzgündür... Birinci kata indiğinde tam dışarı çıkmak üzereyken Sabrina, Maksimilyan'a seslenir.

Maksimilyan durup ona baktıktan sonra, Almanca bilmediğini birkaç kelime ile anlatır. Bu arada karşı dairede oturan Derya kapıyı açıp sorar:

— Yardım ister misin Madam Sabrina?

— Evet. Bu gençle konuşmak istiyorum. Evime gelir mi sorar mısın?

Derya'nın sorusuna sormuş, Maksimilyan da "İyi olur, ama ben Almanca bilmiyorum. Siz tercüman olabilir misiniz bacı?" diyerek karşılık vermiş, Derya da, bu ricayı kabul etmişti. Sabrina, onları salona almış, kendisi de karşı koltuğuna oturmuştu.

Derya her ikisinin sözünü birbirine tercüme ediyordu.

Sabrina:

— Hoş geldiniz. Sizi birkaç kez markette gördüm. Çok beğendim sizi. Sohbet etmek istedim. Ben yaşlı bir kadınım, ama insanlarla, dünyayla bağımı koparmadım. Galiba dindarsınız.

— Biraz.

— Ne demek biraz. O gün sen marketten alışveriş yaparken, kasiyere parayı öderken devamlı seni takip ettim. Onca göbeği açık mini etekli kız önünden yürüyorlardı hiçbirine bakmadın. Namuslu erkek gözlerine sahip olandır. Papaz Aldo öyle söylerdi. Sanıyorum, sizin dininizde de bu kural aynı.

Maksimilyan şaşırmıştı.

— Tabii ki dinimizde harama bakmak haramdır. Fakat bir şey sormak istiyorum size. Afedersiniz, beni takip etme ihtiyacını neden hissettiniz?

Sabrina ayaklarının ucuna bakıp, biraz düşündükten sonra cevap verdi:

— Artık, her şeyi cinselliğe dayandıran insanlardan ve bu dünyadan nefret ettim. Dürüstlere hasret gözlerim. Hangi dinden olursa olsun, dürüst insan görünce çok mutlu oluyorum. Çünkü benim annemin yuvası cinsellik uğruna yıkıldı. Ablamınki de öyle, benimki de öyle. Şimdi sıra oğlumda. Namus çizgisinden çıkmak gözlerle başlar. O yüzden senin gibi dürüst birini dost edinmek istedim. Gözlerine hakim olan erkeğe hayranım. Sen de evde oturuyorsun ben de, Derya da. Sıkılınca bana gelmeni istiyorum. Senin karını on yıldır tanırım. Onun iyi bir insana düşmesi için Tanrı'ya hep dua etmişimdir:

— Sağolun, teşekkür ediyorum.

— Sen ilahiyat okudun mu?

— Hayır.

— Din adamı değil misin?

— Müslümanım. Ama yarım yamalak.

— O ne demek. Bir yarın Müslüman, diğer yarın başka bir şey mi?

Gülüşürler.

— Sen Batı klasiklerini okudun mu?

Maksimilyan, hiç anlam veremediği kaynatasının tavırlarına dalmış, son anda kendine gelmişti:

— Evet okudum. Siz Doğu klasikleri okudunuz mu?

— Yoo, soruyu yanlış sordum, Müslümanların klasiklerini okudunuz mu?

Sabrina biraz mahcup olmuştu:

— Hayır, ama bundan sonra okuyabilirim.

Bugün hatasını anlayan, düne oranla daha akıllı sayılır. Hemen okuyacağım. Diyorum ki, ben ölümü unutmaya çalışsam da nasıl olsa ölüm beni unutmayacak. Ölmeden önce İslâm dinini tanımak istiyorum. Napolyon'un dediği gibi, "İnsanlar rakamlara benzer, durumlarına göre değer kazanırlar." Ben de olduğum yerde değerimi artırmak istiyorum. İslâm dünyasında hayran olduğum iki isim var. Birisi Malcolm X, diğeri Ömer Muhtar. Onlara o şahsiyeti yükleyen dini tanımak istiyorum:

— Beni şaşırttınız. Ne diyeceğimi bilmiyorum.

— Şaşırmakta haklısın. Ben on beş yıl önce Türkiye'ye, oradan Mısır, Suriye ve Filistin'e gittim. Ben bunları söyleyince her duyan çok şaşırdı. Halbuki şaşıracak bir şey yok. Kaliteli, şahsiyetli insana herkes hayran olur. Onlar harika şahsiyete sahip insanlar. Gençliğimi harcadım. O, günlerin kısa, yılların uzun geldiği gençliğim geçti, şimdi, Panin'in dediği gibi, yıllar kısa günler uzun gelse de, günlerimi ziyan etmek istemiyorum. Bana, beni çok etkileyecek bir şeyler anlatmanı istiyorum senden. Lütfen.

Maksimilyan ne diyeceğini şaşırmıştı:

— Ben size ne anlatabilirim ki? Benim o kadar bilgim yok. Size yukarıda bir hocamız var, onu getirsem o size anlatsa olmaz mı?

— Ben onu da dinledim. Bir şeyler dinlemek istiyorum. Bunları bir de senden duymak istiyorum.

Derya, Maksimilyan'a dönüp, kendisine de aynı şeyi yaptığını, ne zaman bir Müslüman görse, ya da rahibe görse hep aynı şeyleri söylediğini anlatır:

> — Bu Alman hanım böyle. "Bana öyle bir şey anlatın ki, ruhumda rahatlık, omuzlarımda kanat hissedeyim." diyor. Çok farklı bir hanımdır Sabrina. Bazen Batıya hayran kalan Müslümanlarla alay ediyor.
>
> 'Boşuna söylememişler, Batılıların "Tükendi' dediğine, İslâm âlemindeki batıcılar, 'Bulduk' diye seviniyorlar." diyor.

Sabrina sormakta gecikmemişti:

— Ne konuştuğunuzu anlamak istiyorum.

Derya anlatmıştı konuştuklarını.

Sabrina tasdikledi;

— Evet, İslâm âleminde bizlere karşı kompleks var.

Vaktiyle, Osmanlı Devleti'ne karşı da bizim atalarımız komplekse girmişler. Ben kimseye karşı komplekse girmem, gireni de ayıplarım. Bir millet kendisiyle övünmediği sürece, kompleksli olmaya mahkumdur. Bakın Amerika'ya. Devamlı can yaktığı, sömürdüğü halde çevirdiği filimlerle gençliğine komplekssizliği aşılıyor. Kâtil Coni'nin yapmadığı kahramanlık kalmıyor. Sonra öteki caniler de pastadan besleniyorlar.

Bu arada umulmadık bir şey olmuş, Sabrina'nın Müslüman düşmanı ablası gelmişti. İçeri girdiğinde iki Müslümanın oturduğunu görünce çılgınca bağırmaya başlar:

— Sen yine bu domuzları, bu pislikleri evine mi aldın? Sen hiç akıllanmayacak mısın? Bu tavuk pislikleriyle nasıl konuşuyorsun? Seni kiliseye şikâyet edeceğim. "Sabrina, imanını kaybediyor." diyeceğim.

Sabrina hızla ayağa kalkıp cevap verir:

— Burası benim evim. İstediğimi alırım, istemediğimi almam. Lütfen misafirlerimden özür dile. Ben İslâm ülkelerinde asla hakaret görmedim. Asıl ben seni kiliseye şikayet edeceğim. Bak nasıl afaroz edilirsin.

Ablası nefret dolu bakışlarla Sabrina'ya baktıktan sonra cevap verdi:

— Domuz pisliği yerim, yine de bir Müslümandan özür dilemem. Beni kendin gibi şahsiyetsiz mi sandın? Gidiyorum. Müsümanlar yüzünden beni evinden kovduğun için utanmalısın. Bunak ne olacak:

— Defol evimdeeen! Senin gibi yobazı görmek istemiyorum! Daha dün sokaktan geçenlere, "Öfkelenmeyin, anlayın, düşmanınızı sevin." gibi güzel sözler ediyordun, bugünkü utanılacak halini keşke dün fark etseydin de o sözü söylemeseydin. Sen... Çok çirkin bir görüntü veriyorsun.

Derya ile Maksimilyan hemen kalkmışlar, "Daha sonra geliriz." diyerek evden çıkmışlardı. Maksimilyan kendini sokağa attığında, hayretle donakalmıştı. Sabrina'nın ablası hâlâ bağırıyor, sesi sokağa yayılıyor, ama Maksimilyan ne söylendiğini anlayamıyordu.

Elleri cebinde, Maksimilyan sokak sokak dolaşır. Canı aşırı derecede sıkılıyordu.

Akşam olmak bilmiyordu.

Kıraathanenin önüne geldi, içeri baktı, içerde kumar oynayanların kimi Türkiyeli, kimi Afrikalı, birkaç Almanla, İtalyan da vardı. Maksimilyan üst katta oturan komşusu Ali'yi gördü. Ali, heyecanlı kumar oynuyordu, tam kıraathanenin kapısının koluna uzanmıştı ki, kolundan bir elin tuttuğunu fark etti.

— Dur! Allah'ın ikazını hatırla! "Harama yaklaşmayın." diyor. İçerde kumar oynanıyor. Allah'ın hatırını sayıyorsan, ya da onu seviyorsan, bunlar da değilse, Allah'tan azıcık korkuyorsan onun emirlerine aykırı yaşama.

Maksimilyan üst kat komşusu hocanın telaşını anlayamıyordu. Kısık sesle cevap verdi:

— Ben Ali Beyi çağıracaktım.

— Uzaktan çağır, ona haber gönder, ama harama yaklaşma, gafillerle beraber oturup kalkma, kalbine ağırlık çöker. Kumar oynayanları seyredersen, yavaş yavaş bozulursun. Niceleri, "kumar" kelimesini ağızlarına almazken, kumar oynayanları seyrede seyrede kumarcı kesildiler. Buralarda nice yuvalar yıkıldı. Nice gelinler, damatlar gözyaşlarıyla döndüler ülkelerine. O kumarcılar var ya, mübtela olunca kumara, ne Allah dinlediler, ne de eşlerine çocuklarına merhamet ettiler. Canın sıkıldıysa gel benimle, seni gezdireyim. Sıkıntın varsa, kendini okumaya ver. İstersen gel seni okutayım. Can sıkıntısını, kumarlar, içkilerle giderenlerin bataklıkta at sineği gibi nasıl çırpındığını hiç görmedin mi?

— Hayır. Hiç görmedim. Sadece romanlarda okudum, filmlerde gördüm. Ama inanın bana kumar oynamak için girmiyordum içeri, zaten hayatımda hiç kumar oynamadım. Allah'ın izniyle oynamam da. Ben Allah'tan korkarım, çünkü O'nu seviyorum. Ama size hak verdim.

Hasan Hoca çok olaylar görmüştü. Avrupa'da çekmediği çile kalmamış, nice dağılan yuvalar görmüştü. O yüzden Müslümanlara göz kulak oluyordu.

"Bak seni bir Türk'ün evine götüreyim. Manzarayı kendin gör. Bu dünya öyle bir yer ki, ister Avrupa'da ol, ister Mekke'de ol. Adımını yanlış attın mı uçurumun başına kadar gidersin. İmanın ve bilgin, bir de sana yardımcılar olursa uçurumdan yuvarlanmadan dönersin. Değilse bir düştün mü oradan artık cehenneme kadar yuvarlanan taş misali olursun." anlamında telkinlerde bulunuyordu.

Hasan Hoca, Maksimilyan'ı akli dengesini kaybetmiş olan bir arkadaşının evine götürdü. Genç adam ayaklarından bağlanmış, sadece yarım adım atabiliyordu. Kimseyi de tanımıyordu. Otuz beş yaşlarında biriydi. Kapıyı hanımı açmış, Hasan Hocayı içeri davet etmişti.

Hasan Hoca, hasta adamın odasına geçmiş, ev sahibi gibi Maksimilyan'ı da çağırıp yer göstermişti:

— Bu arkadaş var ya, bu bir zamanlar burada iş adamıydı. Bir İtalyan kadınına âşık oldu. Daha doğrusu, onun şuh davranışları bunu çekti, bu salak da o çekimi aşk zannetti. Kaldı ki, aşk olsa ne olacak. İnsan kendisini, zarar verecek aşka teslim eder mi? Bu salak kendisini şehvetinin iradesine bıraktı. Kadına bir daire döşetti. Kazandığıyla ona pahalı hediyeler aldı. Şu bacım bunun karısı, ama bacımı unutmuştu. Çocuklarını da unuttu. Tuttu, "Kazanırım" dedi ve kumara başladı. Ya kazanırsam, diye her şeyini verdi. Şeytan demiş ya, ben bir dindarı kumara veya içkiye ya da zinaya başlatana kadar çok yorulurum, ona her sıkıldığında aklına bu üç tuzağımdan birini getirir, sanki bunlardan birini işlerse mutlu olacakmış hissine kapılır, bir alıştı mı artık benim onunla ilgilenmem, uğraşmam gerekmez. Çünkü, o, ondan sonra zaten kendi kendisinin şeytanı olur.

Bu gördüğün adam her şeyini kaybetti. Sonra da o kadını bir erkekle yakaladı. Güya erkeklik onuru zedelenmişmiş. Şerefsiz! O kadar onurlu idinse neden kendini zelil ettin, çocuklarını, karını perişan ettin! Allah'a niye başkaldırdın? Karını neden aldattın? Şu zavallı, ayakta gördüğün kadın hastanelere düştü. Kocasını çok seviyormuş.

Parası bitti, iş yerini sattı kumara yatırdı. En sonunda kafayı yedi. Haramlarda ısrar edenlerin hangisi huzurlu yaşamış ki?

Maksimilyan hocaya bakarak sorar:

— Bana bunları neden anlatıyorsunuz?

— İbret al, diye. Sıkılınca, kıraathane aklına gelmesin. Camiye gitmek gelsin, okumak gelsin, spor yapmak gelsin, balık tutmak gelsin, kır gezisi gelsin, yüzmek gelsin, ama oralar gelmesin.

Maksimilyan gülüyordu:

— Hocam, sizin gözünüzü iyice korkutmuşlar. Korkmayın Allah'ın izniyle.

Kolay kolay yoldan çıkmam. İrademi geliştirmeye çalışıyorum. Ayrıca, ben kendini bilen biri olmaya da çalışıyorum.

— Herkes bu sözü söyler Maksimilyan kardeş. Ama...

— İnşaallah düşündüğün olmaz Hocam. Sizinle de derse başlarsak... Bir kitapta okumuştum, ders insanı günahtan alıkoyar.

— Çok doğru. Nereden başlamak istersen.

— Nereden başlayalım.

Hasta adam gelenlere bakıyor sadece gülüyor, sonra da onların yüzüne tükürüyordu. Hanımı artık dayanamayacağını, hastaneye yatıracağını söylüyordu Hasan Hocaya. Ama günaha girmekten korktuğunu gözyaşları içinde anlatıyordu.

Maksimilyan üzülmüş, ruhu sıkılmıştı. Üstelik akşam olmak üzereydi, Cennet'in işten gelme saatiydi.

Cennet'ini evde karşılamak istiyordu. Onu görünce sıkıntılarından arınacağını biliyordu, onun için izin istedi.

* * *

Maksimilyan, yavaş adımlarla merdiveni çıkmaya başlar.

Bugün yaşadıklarına takılır zihni. Kaynatası onu kovmuş, kayınvalidesi savunmuştu, Sabrina çok ilginç gelmişti. İlk defa bir Hristiyanla konuşmuş hayretler içinde kalmıştı.

Merdiveni çıkarken kendi kendini teselliye çalışıyordu.

Hasan Hoca da şaşırtmıştı onu. Kendi kendine düşünmeye başlar: "Demek ki Hoca'nın gözü önünde uçuruma yuvarlanan çok insan olmuş, adam da resmen korkmuş. Bazı iradesiz insanlar gibi, benim hemen bozulacağımı sanıyor. Zavallı, bilmiyor ki, ben ibadetlerimi yapamasam bile, zinaya düşmeyecek kadar namusluyum, kumar oynamayacak kadar imanlı ve iradeliyim, içki içmeyecek kadar Müslüman ve aklı başında bir gencim. Hem, hiçbiri bende olmasaydı bile, Cennet'imin üzüleceği bir şeyi yapar mıyım? Vicdanımı, erkek avcısı olmuşlar yüzünden kirletir miyim! Ben kadın avcılığı yapan şehvet tutsaklarıyla görüşmezken... Zavallı Hasan Hoca beni nerden bilsin? Gerçekten hayat sürprizlerle dolu. Ne güzel mutlu mutlu yaşarken bu kaynatanın bana olan nefreti de nerden çıktı. Şimdi anladım daha önce anlayamadığım 'Taşa gelmez kuş olmaz, başa gelmez iş olmaz.' sözünü. Ancak bunlar beni yıkmaz, beni yıkacak şey belli. Cennet'ten bir hayâl kırıklığına uğramak yıkımım olur sanıyordum. Ondan hayâl kırıklığına uğramadım, ama bu da az bir yıkım değil. Şimdi bana düşen görev, bu huzurumu bozan imtihanlarımı kazanmak. Bir de Cennet'imi etkilerlerse... Kırk söz bir büyü yerine geçermiş. Ben onu o kadar severken, bir de bana rest çeker de, 'Babam haklı.' derse.

Yoo! Cennet adil bir kız. Böyle haksızlık yapmaz. Yanlışı babası bile yapsa görür.

Ama insan bu!

Ya, zayıf düşerde aldanıverirse?!..

Bıkarsa gürültüden! Hakkımda kötü söylene söylene

günün birinde inanırsa... Uğruna dağlara kaçtığım Cennet bana bunu yapar mı? Yapar mı yapar. Arkadaşım Nedim nasıl etkilendi? Dul bir kadını sevdiğinde onun uğruna ölüyordu. Ona, kötü söz söylene söylene arkadaşım, karısıyla evlendiğine bin pişman oldu, karısına da söyleyemedi pişman olduğunu. Boşasa boşayamadı, dul kadın aldığı için milletten utanır hale geldi. Yıllarca içine gömdü utancını. Sonunda sinir hastası oldu. İslâm dar ufuklara sığmıyor. Herkesin beyni İslâmlaşamıyor. Önceleri güzel sözler söylerdi, sonra da görüşleri allak bullak oldu... Ya, Cennet'im de etkilenirse. İnanan inandırır. Adam beni kötü görüyor ve öyle inanıyorsa, Cennet'i de öyle inandırabilir.

Öff!.. Ben de neler saçmalıyorum böyle!"

Maksimilyan anahtarını çıkarıp kapıyı açmaya çalışırken, kaynatasının sesini duyuyordu.

"O ayağında pijaması olmayan adam, kim oluyor da kızımı benden koparacakmış. Haah haa! Kızımı benden koparacak anasından doğmadı."

Maksimilyan daha fazla hakaret duymamak için aceleyle içeri girip kapıyı kapattı.

** *

Aradan üç ay geçmiş. Cennet'te henüz hiçbir şey değişmemişti. Hatta biraz daha birbirlerine güvenleri artmıştı.

"Bir lisan bir insandır." gerçeğini bilen Maksimilyan Cennet'ten gizli Almanca kursuna gidiyordu. Sabrina'ya, "Merak etme, Almanca öğreneceğim, o zaman seninle karşılıklı konuşacağım," diyordu. Kaynatanın gözünden kaçmamıştı, damadının her gün aynı saatte evden çıkışı ve aynı saatte gelişi. Kızına söylemeliydi, Maksimilyan kızını aldatıyordu. Son derece emindi, akşama söyleyecekti.

Akşam kızı eve gelir gelmez İbran bey hemen evlerine damlamıştı. Maksimilyan onu görünce ayağa kalkar. Suratını buruşturarak "Otur otur, sen benim için ayağa kalkınca sinir oluyorum." deyince. Cennet yine çok üzülür:

— Baba! Sen Maksimilyan'dan ne istiyorsun? Allah aşkına ben hiç anlayamıyorum seni. Nasıl oluyor da böyle ağır sözler edebiliyorsun baba?

— Konuşurum. Unutma ki, evlendiğin halde hâlâ benim evimde oturuyor, üstelik kira da veremiyorsunuz. Neden? Koca yok ki başında. Utanmadan bir de seninle aramızı açmaya çalışıyor. Bir de dinden bahsediyor. Dindar insan baba ile kızının arasını açar mı?

Maksimilyan şaşırmıştı:

— Ben size ne zaman dinden bahsettim ki?

Cennet:

— Baba! O bizi ayırmak için ne yaptı Allah için düşün ne olur?

— Bak bak. Allah diyorsun seni bile dinci yaptı?

Cennet ağlıyordu:

— Baba! Babacığım! Ne olur yeter artık! Bize dünyayı zindan ediyorsun baba! Artık tahammülüm kalmadı. Maksimilyan'ın ağzından hakkında kötü bir kelime duymadım:

— Tabi ki duymazsın. Adam kaleyi içten fethediyor.

Cennet hâlâ ağlıyordu:

— Baba! Artık bu gidişe son verir misin? Ayrıca, evi dile getirdiğine inanamıyorum.

Maksimilyan konuyu ancak anlamıştı. Titreyen sesiyle cevap verdi:

— Fırtınaya tutulmuş gibi oldum. Siz evinize kira mı istiyorsunuz? Hemen, en fazla bir ay sonra kiranın hepsini ödeyeceğim. İnsan yaptığı iyiliği başa kakmamalı. Bu çok çirkin bir davranış beyefendi:

— Ne o! Baba diyordun, ne oldu?

— Beni bu kadar aşağılayan birine, böylesine sinirli anımda "baba." diyemem herhalde!

— Kızım gör gör. Kocanı gör.

— Onu sen bu hale getirdin baba.

— Yaa! Ondan yanasın ha. Hemen ev bulun çıkın evimden size beş gün müsaade. Haa! Asıl konuyu unuttum. Kocan her gün aynı saatte evden çıkıyor, senden yarım saat önce eve giriyor. Kızım gözünü aç, bu çulsuz adam seni aldatıyor?

Cennet çıldırmanın eşiğine gelmişti:

— Baba! Yeter artık yeteeer! Yeter bırak yakamızı!

Cennet ağlayarak merdivenlerden koşarcasına inmeye başladı:

— Baba! Artık senin evinde bir gece bile yatmayacağım. Bunu göreceksin.

Cennet aynı hızla önce Derya'ya iner ve olayı anlattıktan sonra sorar:

— Eşyalarımdan birkaç parça senin evine koyabilir miyim Derya? Babam artık iyice sapıttı.

Derya mahzunlaşmıştı:

— Başım gözüm üstüne derdim, ama benim beyim, "Eve emanet alırken bana neden sormadın." diye beni gebertir.

Cennet derin derin bakar Derya'nın gözlerine. Onunla bir çay içer. Biraz efkar dağıttıktan sonra konuya devam eder:

— Ya. Doğru. Sizin gibi evlilik yapanlar, kocalarına sormadan, insanlık görevlerini yerine getiremiyorlar. Senin adına çok üzüldüm. Babamın ismi İbrahim aslında, ona Alman patronu "Sen Müslümana benzemiyorsun, senin adın İbran olsun." demiş. Adam ne kadar haklıymış. Beni bu durumlara sokan insan, gerçekten Müslüman olamaz.

Ağlaması biraz dinmişti Cennet'in:

— Babama ne oldu dersin Derya? Çıldırdı mı acaba?

— Bence seni eşinden kıskandı. Bazı ana babalarda bu durum görünüyor. Kaynanam da beni kıskandı. İnan bana sana anlatmış olsam şaşırırsın, demiyorum, inanamazsın.

Cennet hemen koltuğa geçip oturur:

— Anlat Allah aşkına Anlat! İnsan hakkında bilgim olsun. Ben insanların bu yönünü hiç bilmiyordum.

Derya'da Cennet'in karşısına geçip oturur:

— Bak canım, sana olayı baştan anlatayım. Kayınvalidem kendini dindar sanan bir kara cahildir. Kapanır, ama kapanması alışkanlık, bence namazı da. Gerçekten ibadet eden bu kadar kötü olamaz. Oğlu bir kadından ötekine gidiyormuş. "Ona dindar kadın alalım da oğlumuzu yola getirsin," demiş. Allah'tan korkan böyle bir yalanla oğlunu evlendirir mi? Ben erkeklerin cinsel arzularına bir ömür kölelik yapmış kadınlarla yarışamam, onlar kadar tecrübeli olup kocamı kendime çekemem ki.

Pislik yemeğe alışmış köpeğe, yediği çok tatlı gelirmiş. Ben, buraların usta kadınlarıyla nasıl yarışırım. "Oğlumuz dindar." dediler. Ailemde hemen inandı. Ben ısrar ettim, "Nasıl biri olduğunu araştıralım." dedim, babam çok kızdı. Dindar aile oldukları belli, dedi. Kaynanamın namaz kılmasına aldandılar. Sanki annenin kıldığı namaz oğluna delilmiş gibi. Beni yaktılar Cennet. İthal gelin diyorlar bana. Kendini bilmezlerin sözü bunlar. Ayrıca mutlu olsaydım, "ithal gelin" denmesi benim için sıradan bir söz olurdu, kocam iyi olsaydı. Ailesi özellikle annesi bir felâket. Dinle bak, dünyada neler var.

Ben evlendikten sonra Türkiye'den buraya geldim. Orada düğünümüz oldu, buraya geldiğimiz gece kocam evden bir çıktı, ertesi gün geldi. Bir açıklama, bir özür yok. Kaynanam; "O erkektir. Nereye isterse gider." dedi. Ben şok halinde ortalıkta dolaşıyordum, o gün geri dönecektim. Anlamıştım şahsiyetsiz, vicdansız, insanlıktan eser taşımayan, hayatı şehvetten ibaret sanan biri olduğunu. Onun zinadan geldiğini anlamıştım. Kendimi domuzla berabermiş gibi hissettim. Babama telefon açtım, "Geleyim." dedim, babam kıyameti kopardı. "Yoo, kızım kendine gel. Hemen koca evinden dönen kıza başka şey söylerler." dedi. Bir yıl geçti yine aynı. Babam beni sahiplenmedi. Kaynanam, kocamla yatmayalım, diye inanır mısın bizim odamızda yatardı. Hayat kadınlarından oğlunu kıskanmaz, benden kıskanırdı. İkide bir, "Sen Avrupa için oğluma vardın." dedi dedi durdu. Babama da küstüm. Telefon bile açmıyorum. Kaynanama da dayanamadım buraya taşındım. İşe gireceğim, borçlandım, kocam bazen eve uğramıyor. Çok anlattım. İnsanlık onuru çürümüş, hiçbir söz onu etkilemiyor. Geceler boyu ağladığımı bilirim. Dini kitaplar okuyup, dua ile zikir yapmasaydım, ibadetimden uzak kalsaydım delirirdim inan. Beni imanım kurtardı. Ama bu adamdan en kısa zamanda ayrılacağım. Böyle insanlık dışı mahlukla yaşayamam. Bir de kendini bir şey sanmıyor mu? Havalara girmiyor mu "Ben yakışıklı erkeğim, ben erkeğim erkek." gibi sözleri, beni delirtiyor. Ben de ona "Bana bak, ben de kadınım kadın. Senin gibi şahsiyetsiz bir erkeğe her zaman sabredeceğimi sanıyorsan aldanıyorsun, hiçbir kadın, sevilmeden sevmez." dedim. Ama anlayacak adam nerde? Bu tip erkekler, namussuz kadınları anlar, ama namuslu karılarını anlamak bile istemezler. Cilveli olmayı da o tip kadınlara yakıştırırlar. Kadına cilveli olmayı da hayat kadınlarının hakkı olduğuna inanırlar.

Ben kararımı verdim. Yakında ayrılacağım. O zaman anlar. Şimdi Türkiye'deki genç kızlara da genç erkeklere de dikkatli olmaları için kitap yazıyorum.

— Sahi mi, ne yazıyorsun?

— Buradaki damatlar ve gelinler ile söyleşi yapıyorum. Türkiye'deyken, bazen gazetelere yazı gönderirdim.

— Yazdıklarını mutlaka okuyacağım. Ben de babama ders vermek için, evini hemen boşaltmam lazım. O yüzden hemen okuyamayacağım. Hasan Hocanın evinde yer yok. Ali başka türlü bir insan. Madam Sabrina'ya gideyim. Seni, rahata erdiğim en kısa zamanda dinleyeceğim. Böyle şeyler şimdi daha çok ilgimi çekti. O zamana kadar, bari şunu söyle, mutlu damatlar ile gelinlere rasladın mı?

— Evet, yarıya yakını mutlu.

— Yazık, az.

— Diğerlerine ne oldu?

— Ya ayrılmışlar, ya çile çekiyorlar. Ya da birbirini anlama aşamasının zorluklarını yaşıyorlar. Sonra anlatırım sana. Bu işe seyirci kalmayacağım.

Cennet, Sabrina'ya da gitmiş, aynı ricayı da ona yapmıştı. Sabrina'nın cevabı düşündürücüydü: "Tabi olur Cennet. Bize cömertliği, başkasına iyiliği siz öğrettiniz. İsa'nın söylemine kulaklarımızı kapatmıştık. Aşırı özgürlük ama günah özgürlüğü bizi yıkmıştı. Sizlerden insanlık öğrendik. Eşyalarını şu odaya yığarsın. Ne zaman ev bulursan o zaman alırsın. Ama acele et. Ablam görmesin. Sizi de sade bu gece misafir edebilirim. Ablamın yüzünden. Ablam çok aşırı, fanatik bir Hristiyan. Müslümanlardan nefret ediyor. Hem de ne nefret. Hadi kocanı al gel. Bu gece bizde kalın. Sohbet de ederiz. Kocan çok hoşuma gitti. Bayıldım ona.

Cennet koşarcasına evine döner.

— Hadi Maksimilyan! Bu evden çıkıyoruz. Babam da olsa, senin daha fazla aşağılanmana izin veremem. Babamı seviyorum diye sana haksızlık yapamam. Sen bunları hak etmiyorsun.

— Olmaz. Baban sinirle söylemiştir. Babama hemen telefon edeceğim. Bize bir yıllık kira parasını göndersin.

— Hayır! Gönderse bile, babamın evinde kalamam artık. Sana iftira bile ediyor. Ya ben manyak kadınlar ve erkekler gibi, babasının ağzıyla eşini bırakacak kadar zayıf karakterde olsaydım? Bizim yuvamızı yıkacaktı. Biraz ders almalı bence.

Kocasını zorla ikna etmişti. Cennet tam kapıdan çıkarken, aklına geldi:

— Sahi, not defterini al da Sabrina'nın yanında oku. Kadın senin sohbetine bayılıyor. Bir de sana âşık olmasın:

— Bu nasıl söz? O benim annem yerinde.

Cennet kocasına gülümseyerek cevap verir:

— Analar da evladına âşık olur. Âşık deyince aklına neden kötü şey geliyor ki?

Çok geçmemişti ki, Sabrina'nın evinde çay içiyorlardı. Sabrina çok mutluydu. "Tanrıya şükürler olsun, geçen hafta evime papaz efendi geldi, şimdi de siz." der.

Miksimilyan'a bakan Sabrina, ilginç bir söz söyleyivermişti.

— Maksimilyan. Cennet domuz eti yer, ama sanıyorum sen yemezsin. Dinine bağlısın sen. Hemen söyleyeyim, ben domuz etini evime sokmam, çünkü domuz etini sevmiyorum.

Maksimilyan şoktayken Cennet itiraz eder:

— Madam Sabrina, onu da nerden çıkardınız? Ben ömrümde domuz eti yemedim. Dinimizde haramdır. Hem ben çocukken domuz etinde görünmeyen kurtlar olduğunu okudum. Helal bile olsa yiyemem.

— Öyle mi? Sen, hani dinini yaşamıyor, göbeğini bile açıyorsun ya, göbeğini açan neden domuz eti yemesin, diye kendi kendime uydurdum işte.

Maksimilyan derin bir nefes almıştı.

Sabrina evli çiftleri güldürmek istiyordu:

— Size bir şey anlatayım da gülün. Ama Maksimilyan anlamayacak.

— Ben tercüme ederim.

— Tercümelerde esprilerin çoğu bozulur. Dilerim ablam gelmez de, daha sonra biz de Maksimilyan'ı dinleriz.

Cennet, Maksimilyan'ı inceliyordu.

Maksimilyan dalgındı. Yüz hatlarında bir hüzün oturduğu anlaşılıyordu. Cennet hemen ayağa kalkıp babasına siniridnen kendi kendine bağırmaya başladı:

— Oldu, işte korktuğum oldu! Mutsuzsun. Eminim benimle evlendiğine pişmansın. Bir kadın, kocasının kendisiyle evlendiğine pişman olduğunu anladığı an, hayat onun için biter. Aşkı biter... Huzuru biter... Artık kocasını yok görür. Üzüntüden kendisini bitirir…

Maksimilyan karısına baka kalmıştır:

— Delirdin mi Cennet? Seni aldığıma nasıl pişman olurum? Asla, böyle bir şey olamaz!

— Yüz hatların öyle demiyor ama.

— Ben senin için üzülüyorum. İnan bana. Benim yüzümden babana tavır alıyorsun.

— Alırım. Çünkü haksız olan o. Sen haksız olsaydın sana tavır alırdım. İnan ki, senin için ölüyor olduğum halde sana da tavır alırdım. Ne bu ya? Anne babalar istemiyor, sevmiyor, diye yıkılan yuvaların hesabını bilen yok. Sen sevmezsen sevme canım, oğlun ya da kızın sevmiş ya. Sen sevmesen de olur.

Maksimilyan hayran hayran bakıyordu karısına. Sabrina'nın gözünden kaçmamıştı bu durum:

— Cennet! Ne diyorsun bilmiyorum, ama bu genç sana hayran. Bak şunun sana bakışına, bak Tanrı aşkına. Bu ne aşk böyle, bu ne hayranlık! Biliyor musun Cennet, hayranlık aşktan daha değerlidir. Sen aynı dursan da aşk bitebilir, ama hayranlık bitmez. Ahh ah gençliğim! Elizabet adındaki kadın aramıza girene kadar ne kadar mutluydum. Kocam bana hayrandı, ama o her şeyi sildi götürdü. Aman ha Cennet, göreyim seni, kocanın sana olan hayranlığını sakın suiistimal etme.

— Tanrı, pardon Allah korusun. Tabi ki suiistimal etmem:

— Hadi şimdi ne okuyacaksanız okuyun. İçi açacak dini bir şeyler duymak istiyorum.

— Eşim diyor ki insana faydası olan her şey dinîdir.

Maksimilyan not defterini eline aldığında dalgın karısına baktı.

Maksimilyan eşinden kendi sözünü duyunca çok mutlu olur ve "İnsan motive edilirse ortaya çıkar." düşüncesiyle iltifatlarını yağdırır.

— Sen benim Venüs yıldızımsın canım. Gerçekten harika bir insansın:

— Bir insan, harika bile olmasa, bunca iltifattan sonra harika olur bence. Sağ ol canım. Sen şu notlara başla da dikkat dağıtalım. Şunu da söyleyeyim, iyi ki dindarsın, öyle olmasa şimdi çoktan efkâr dağıtmak adına diskoya ya da bir bara gitmiştik... Demek ki güzel yolun temel taşları böyle atılıyor:

— Peki, ben notlarımı okuyayım, sen de Sabrina'ya tercüme et.

"Her düşüş kalkışı öğretir. Ne düşüş biter, ne de kalkış."

Sabrina sorar:

— Bu söz ne?

— Atasözü.

— Aman Tanrım! Ne kadar doğru. Keşke bu sözü gençken duysaydım. Her düşüşün bir kalkışı olduğunu bilebilseydim bu kadar yıkılmazdım.

Sabrina'nın gözlerine yaşlar süzülmeye başlar:

— Yazık! Bu sözü çok geç öğrendim. O kadar düştüm ki, hiç teselli bilmeden düşmek de çok kötü bir şey. Teşekkürler Maksimilyan. Devam et:

— Abdülhamid döneminde bir kişi dahi asılmamıştır.

"Avrupa'da 1793 karalar kanununda, köleler veya zenciler itaat etmezse idam edilirdi.

"II. Beyazıd döneminde 1502 kanun çıkarıldı "Atın ve eşeğin sırtına fazla yük yüklemeyi yasaklayan bir kanun da bnlardan biriydi." kanunu çıktı.

"Batının hürriyet anlayışı şöyledir: Bir kişi, başkalarına zarar vermediği sürece istediğini yapar. İslâm'ın hürriyet anlayışı, kişinin kendisine de zarar verme hürriyeti yoktur." Prof. Dr. Ahmet Akgündüz

"Bir millet için en büyük tehlike devletin terörist olmasıdır."

"İnsanla kitabın dış görünüşüne aldanma, içine bak." Atasözü.

"Yanıldıklarını asla kabul etmeyenler, en çok yanılanlardır."

"Ümidini kesenin kaybedecek başka bir şeyi kalmamıştır."

"Kendini yargılamak başkalarını yargılamaktan daha zordur."

Sabrina bu sözü duyunca kalkar, biraz gezinir ve pencereden bakar. Gözleri ağlamaklıdır. Duygusal anlar yaşar. Geçmişini gözden geçirdiğini, geçmişten kendinde hiç hata görmediğini anlatır genç evlilere. Daha sonra oturup, Maksimilyan'ın devam etmesini ister. Maksimilyan şaşkındır, ama okumaya devam eder:

— "Bir neslin kaderini, bir evvelki nesil tayin eder." Konfüçyüs

"Sevmek için bile vakit yokken nefret niye?" Hz. Ali.

"Büyük şeyler hayal edenler, en azından küçük işleri başarırlar."

"Herkes benzer şekilde düşünüyorsa, hiç kimse düşünmüyor demektir."

"Üzüntülerin en mühim sebebi meşguliyetsizliktir."

"En büyük risk, hiç risk almamaktır."

"Şefkat özel bir dildir, öyle ki, onu sağır işitebilir, âmâ okuyabilir."

"Problemin varlığını görmek, çözüme ilk adımdır."

"Bir utanmaz yüz, yaşarmaz göz bütün sermayeleri!" Hasan Mezarcı

"Kur'an hakkında sorulan soruların içinde en sık sorulanı şudur: Allah dilediğine hidayet verir, dilediğini saptırır." (İbrahim, 3) âyeti var. O halde bizim suçumuz yok. Allah dileseydi bize de hidayet verirdi, diyorlar. Bir de Şûrâ 13. âyete baksalar. "Allah'ın kime hidayet verdiğini başka âyetlerde de kime vermediğini, açıkladığını görecekler.

"Gençlerimizi Hristiyan yapmaya çalışanların üç önemli taktikleri vardır. O da şunlardır:

> "Biz Kur'an'a saygılıyız, İncil'i beraberce tetkik edelim. Ya da önce Kur'an'ı tetkik edelim. Kur'an'ı Muhammed'e cinler öğretti veya Papaz Bahira'dan öğrendi." derler.
>
> Kur'an mucizelerinin neler ve nasıl olduğunu anlatabilseydik bunlar söylense de hiçbir gencimizi aldatamazlardı."

"Herkes her yerde başarılı olmaya mecbur değil. İlla başarı istiyorsak önce ne kadar Müslümanız acaba? Bunu sorabilmeyi başarmalıyız. İnsanlığın manen çürütüldüğü günümüzde, başarıların en büyüğü bir şey icat etmek değil, dürüst kalmayı başarabilmektir."

"Umudunu kesme, planlı programlı olarak çalış. Başarı hastası olma; ama aklına koyduğunu başarmak için azimle çalış. Haydi! Gerçeği görmek şimdi değilse ne zaman? Çalışacak olan sen değilsen kim? Pes etmek mi? Yaşıyorsan neden?"

Yiğitlik yürekte başlar.

Günlerce ev aramış, ama bulamamışlardı.

Eşyalarını Sabrina'nın odasına yığmış, anahtarı da üç gün sonra İbran Bey'e teslim etmişlerdi. Şaşırmıştı İbran Bey. Ev bulunmadığı dönemde nasıl ev bulup da taşınmışlardı. Selime Hanım ise "Kızım dizimin dibindeydi. Damadım da çok iyi insandı. Ama sen iyi olmadığın için kıskandın onu." diyordu.

Cennet işe gitmiş, Maksimilyan da, Hasan Hocanın evine çıkmış, olup biteni anlatmıştı:

— Hocam! Şaşkınım, şaşkınım hocam! Derdim büyük. Sıkıntımı size açmaya geldim. Resmen aşağılandım, önemsemedim hocam. Her şeyi duydum, donsuzdan çulsuzuna kadar, dağ ayısından bilmem neye kadar. Her şeye yine dayanırdım karımın hatırı için. Ama adam bizi evden kovdu. Şimdi yatacak yerimiz yok. Ben ne yapacağımı şaşırdım. Karşıma ummadığım bir hayat çıktı. Türkiye'de gönül savaşım vardı kazandım. Şimdiki savaşın adını bile koyamıyorum.

Hasan Hoca üzülmüştü:

— Anlaşılan Cennet'le evlendiğine pişmansın.

— Olur mu öyle şey? Ben onsuz aklımdan ayrı düştüm. Şimdi ise aklım başımda; İnsanın aklı başında olsun da, dertler nasıl olsa bitmese bile şekil değiştirirmiş, sabretmeye ve çözüm aramaya devam ederiz. Ben bu halime çoktaaan razıyım. Allah beterinden korusun.

Sohbete devam ederlerken kapının zili çalar. Hasan Hoca kapıyı açınca Cennet'i görür:

— Buyur kızım, içeri gir. Maksimilyan da burda.

— Teşekkür ediyorum, girmeyeceğim. Maksimilyan'ı çağırır mısınız?

Maksimilyan'la merdivenleri inerlerken Cennet babasının ziline bastı. Kapıyı açan babasıydı:

— Merhaba babacığım. Nasılsın?

— İyiyim. Ne istiyorsun?

— Nehir köprüsünün kenarına çadır kurduk. Bizi ararsanız ordayız. Ev bulana kadar çadırda kalacağız. Baaay Sevgili babacığım!

Adam şaşırmıştı. Cennet merdivenlerden inerken, arkasından seslenir:

— Sakın öyle bir çılgınlık yapma. Seni gebertirim.

— Yaptım bile. Başıma kakan da yok. En azından şimdilik.

— Sen de hiç utanma yok mu?

Cennet birinci kattan yukarıya doğru seslenerek cevap verdi:

— Utanmak mı? Bunu sen mi söylüyorsun? Hayret! Her neyse. Birkaç sözüm var sana: Utanmıyorum. Babamın canı sağ olsun. Bir gün hayatım roman olursa, bir eşin eşi uğruna nasıl fedekârlık yaptığını, kadının ve erkeğin, ana babasının siparişiyle eşine kötü davranmaması gerektiğini, anne baba hatasının da görülmesi gerektiğini romanda yazılınca ikimiz beraber o romanı okuruz baba.

Her şeye
rağmen sen

babamsın
Seni sevi
yorum,
ama senin
sevginden yoruluyorum.
Baba, böyle olmaz baba.
Son sözüm bunu söylüyorum.

* * *

Çadırdaydılar.

Maksimilyan eşinin seri ve kararlı tavırlarına inanamıyordu:

— Sen ne zaman buldun bu çadırı, kime kurdurdun?

— İki gündür bu işle uğraşıyorum. Babamın seni aşağılamasına asla izin veremezdim. Senin ailen beni aşağılasa, sen izin verir miydin?

— Asla! Ne onlar için seni, ne de senin için onları harcardım. Haklıya haklı, haksıza haksızsın demek benim insani özelliğimdir.

Sarı -yeşil- mavi renkli çadırın mutfağı bile vardı. Yatağı sermiş, pille çalışan bir lambayla oturmuş sohbet ediyorlardı. Mutluydular. Maksimilyan "İki gönül bir olunca, Samanlık seyran olur da, çadır saray olmaz mı?" diyordu sık sık.

Ve günler böyle geçiyordu.
Ev bulamamışlardı. Bir ihbar
eden olursa, çadıra izin verilmezdi.
Maksimilyan Almanca
kursuna devam ediyordu.
Ailesiyle haftada bir telefonla görüşüyordu.

Bir akşam geldiklerinde annesinin yemek getirdiğini gördüler. Oturup sohbet ettiler. Selime Hanım çok üzüldüğünü bildiriyor, çözüm arıyordu. Onların eline, bulacakları evin kira parasını verip gitmişti.

Maksimilyan ve Cennet, gece yarısına kadar çocuklar gibi şendiler. Dünya umurlarında değildi. Cennet bir ara bağırdı:

— Eyy Avrupa! Gördün işte. Sevgi böyle olur. Gör!.. Gör!

İki genç çadırın fermuarını çekip, içten kilidi kilitledikten sonra derin bir uykuya dalmışlardı.

Bir ara dışarıda sesler duydu Maksimilyan. Yerinden doğrulup tül pencereden dışarıya baktı. Cennet'in annesi, Hasan Hoca ve eşini gördü. Dışarı çıkması fazla zaman almamıştı. Hemen Selime Hanımın yanına gidip sordu:

— Hayırdır anne? Ne oldu?

Kadın ağlıyordu.

— Kaynatana bir şey oldu. Onu hastaneye kaldırdık. Galiba kalp krizi, kızımı getirin göreyim, diye tutturdu, sonra kendini kaybetti.

Maksimilyan içeri girip yavaşça Cennet'e seslendi:

— Cennet! Cennet! Gözlerini açar mısın?

Cennet uykusunun ortasında zorla gözlerini açıp sordu:

— Ne oldu? Kötü bir rüya mı gördün?

— Gözlerini aç da konuşalım. Kalk bir otur hele.

Cennet gözlerini ova ova yatağından kalkmış oturmuştu:

— Bak canım! Hemen kalkmamız lâzım. Gözlerini aç, beni dinle:

— Konuş canım. Ben gözlerimle duymam, kulaklarımla duyuyorum.

— Dinle öyleyse. Bak canım baban ...

Cennet telaşla gözlerini açıp sordu:

— Ne olmuş babama?

— Hastalanmış. Korkma, kötü bir şey yok. Seni istiyormuş.

Kalkıp aceleyle giyinip dışarı çıkmışlardı. Cennet annesini görünce ağlayarak sordu:

— Anneee! Yoksa babama bir şey mi oldu? Ne olur anne doğru söyle!

— Sakin ol kızım. Baban kalp krizi geçirdi; ama şu an iyi, devamlı seni sayıklıyor.

Hastaneye gittiklerinde, İbran Bey makineye bağlıydı, çeşitli aletler burnuna bağlanmış oksijen veriliyordu.

Kızını görünce gözleri yaşardı:

— Geldin mi kızım?

— Gelmez miyim babacığım? Sen benim babamsın. Nasılsın baba? Ağrıların eksiliyor mu artıyor mu?

— Eksildi yavrum. Ölümden kıl payı döndüm.

— Ne oldu, kendini yordun mu? Bize mi üzüldün?

— İkisi birden yavrum. Sen gidince çok üzüldüm. Kocanı incitmeme izin vermeyeceğini biliyordum. Ama çekip gideceğini tahmin etmiyordum. Eşyalarınızı Sabrina'dan aldım. Sizin tuttuğunuz firmadan taşıyıcılar tuttum, ama ben de taşıdım. Eşyalarınızı da aynı daireye yeniden yerleştirdim. Bundan dolayı çok yoruldum.

Cennet üzülmüştü.

— Baba! Keşke yapmasaydın. Sen sinirlenince bizi yine kovarsın. Biz çadırımızda mutluyuz:

— Ben sensiz yaşayamam kızım. Bizim görebildiğimiz başka çocuğumuz mu var?

— O halde kocama neden... Ama şimdi olmaz, iyileştikten sonra konuşuruz:

— Konuşabiliyorum. Kocan Avrupa'ya gelmek için seninle evlendi. Bana inan. Giresun'da bir baltaya sap olamadı. Binlercesi gibi, ne yapayım ne yapayım diye düşündü. Sen de çanta da kekliktin. Onu sevdiğini de biliyordu, sana âşık ayaklarına girdi, sen onu oradan kurtar diye. Göreceksin "Hele bir yer edeyim, gör sana neler edeyim." diye bir söz vardır. Oturum alsın, sana ihtiyaç hissetmesin, biraz da para biriktirsin. O çocuk seni bırakacak. Dinci minci hikâye kızım. Öyle kaç kişi gördüm ben. Son olarak da Kâzım'ın kızının kocası, oturum alır almaz, karısına ihtiyacı kalmayınca hemen çıkarmış burnunu, nasıl meydan okumuş karısına git sor.

Cennet, hayretle dinliyordu babasını.

Ölüm yatağında bile Maksimilyan'la uğraşıyordu. Çok kızdığını belli etmeden sordu:

— Babacığım! Türkiye'den gelen her damat, her gelin kötü çıkacak diye kanun mu var? Dürüst olanlar ne güzel geçiniyorlar baba. Yirmi yıllık evliler var baba. Anlayış ve kültür birliği yoksa, Türkiye'deki evliler de geçinemiyorlar. Türkiye'de de ithal damatlar var, gelinler var. Ama köyden şehre ithal olmuş veya şehirden köye. Ayrıca bir erkek kendisinden çok zengin biriyle evlenmişse ve kompleksliyse, o da ithal damat sayılır. Tabi ki sizin mantığınızla ithal... Bizim mantığımızda ithal damat, ithal gelin sözünü zırcahiller kullanır. Bizim felsefemizde insanın ithali olmaz. Açıkcası baba, sen biz Türkiye'de de olsak "Maksimilyan paran için seni aldı." diyecektin, dürüst olanlar her yerde aynıdır, ama sen buna inanmıyorsun.

— Bak ne güzel söyledin "dürüst" olanlar, dedin. Mesele bu ya. Kocan dürüst değil yavrum. Onu bir haftada anladım.

— Nasıl?

— Melek rolüne girmesinden. O kadar iyi insan olamaz. Ama her sahtekâr, bir de zeki ise "iyi insan" rolü yapabilir. O sahtekâr, iş bulsun, oturum alsın, seni terk edecek.

— Baba! Farz edelim Maksimilyan sahtekâr. Beni neden bıraksın? Ben, sahtekârın bana dayanamayacağı kadar çirkin miyim?

— Hayır! Bir sahtekârın seni anlayamayacağı kadar dürüstsün. Sahtekârlara göre bütün insanlar sahtekârdır.

—Amaaan, baba! Valla beni çok üzüyorsun. Hastasın, bunları konuşmayalım. Seni o da ziyarete geldi.

— Tabi gelir. Altın yumurtlayan tavuğun babasıyım kızım! Sen çıkarcıları bilmezsin ben bilirim. Avrupa'ya gelebilmek uğruna yüzlerce genç kızın hayatını alt üst edenleri gördüm. Avrupa'ya adımını atabilmek uğruna girmedikleri rol kalmıyordu. Nice genç kızların veya erkeklerin hayatını karartıyorlar:

— Baba! Bu sözleri bıraksak. Kalbin dinlenmesi lazım. Ayrıca beni şaşırtıyorsun baba. Ağrın var mı?

— Yok. Ben iyileştim.

— O halde ben çıkayım da diğerleri gelsin. İki kişi birden içeri almıyorlar.

Cennet çıkarken babasının sözünü düşünüyordu. "Tabi gelir, altın yumurtlayan tavuğun babasıyım ben."

Annesinden sonra Maksimilyan hazırlanıyordu.

Cennet'in morali çok bozulmuştu. Annesi çıkmış, Maksimilyan içeri girerken, Cennet birden atılır.

— Hayır!

Birden herkesin ona baktığını fark etti.

Utanmıştı. Sesini alçaltıp devam etti.

— Hayır! Sen babamı ziyaret etmeyeceksin!

Maksimilyan çok şaşırmıştı.

— Sen ne diyorsun, öyle şey olur mu?

— Olur, sakın gitme, diyorum. Buna asla izin vermeyeceğim.

Devreye annesi girer.

— Kızım sen delirdin mi? Adam babanın yanına girmek istiyor. Sen izin vermiyorsun.

Cennet'in gözleri dolmuştu:

— Anne! Ben insanım! Hiç kimseye kurt olup öteki insanı yeme hakkı vermem, seyirci de olmam. Maksimilyan babamı ziyaret etmeyecek. Hasan Hoca girsin anne! Babam Maksimilyan'a hâlâ hakaret ediyor. Bu kadarı çok fazla.

Maksimilyan ne olduğunu anlamamıştı.

— Ne diyorsun Cennet? Kim yeniyor, kim kurt oluyor?

— Gözlerinden iki damla yaş süzülen Cennet cevap vermeden, Maksimilyan'a döner.

— Hadi biz çadırımıza gidelim. Yarın mecburen babamın evine döneceğiz.

Babasının söylediklerini anlatmıyordu Cennet. Sadece aşırı üzgündü. Düşünüyordu takside giderlerken:

> "İnsan bu mu gerçekte?
>
> Bu nasıl vicdan böyle?
>
> Birileri Avrupa için, kızları veya erkekleri kendilerine basamak yapacak kadar sahtekârsa, iyilerin bunda suçu ne? Türkiye'de, Mısır'da, Endonezya'da veya başka bir ülkede bir erkek, batıda yaşayan kızı sevemez mi? Oralarda yaşayan bir genç kız batıdaki erkeği sevemez mi? Onlar Avrupa'da olmasa da onlara konan gönül yine konacak değil miydi?"

***

Aradan altı ay geçer.

Maksimilyan'ın gönlüne Giresun'da konan sevda ve onunla gelen gönül mücadelesi bitmez; ama yeni yeni doneler çıkar ortaya, insana dair.

Cennet, Maksimilyan'a babasıyla konuşma yasağı koyar. Maksimilyan "Seni kıramam, herhalde bir bildiğin var." deyip karısını dinler.

Maksimilyan, Almanca kursunu inanması güç bir başarıyla çabuk bitirmişti. Cennet'in, başladığı işi bunca dertler arasında tamamlayan, azmedip bırakmayan kocasına hayranlığı daha çok artar.

Maksimilyan oturum almış bir oto fabrikasında işe de girmişti. İbran Beyin dairesinde kalıyorlardı. Madam Sabrina onları sık sık çağırıyor, Maksimilyan'ın notlarını dinliyordu aynı istekle.

Aradan çok geçmemişti. Yine çağırmıştı Sabrina. Çay yapmış, kek yapmış, misafirlerini özel ağırlıyordu.

Çay faslından sonra yerine oturan Sabrina sık sık ifade ettiği konuları yineledi:

— Bu notlar var ya bu notlar. Beni dinlendiriyor. Sen üç sayfalık not okuyorsun, ben on kitap okumuş gibi hissediyorum kendimi. Ne güzel sözler seçmişsin, aferin sana. Nice üniversite mezunu senin bulduğun sözleri anlayamaz bile. Hadi başla. Kendimi hazine peşindeki insan gibi hissediyorum.

Maksimilyan notlarını okumaya başlamıştı:

— Peki.

"Geleceğin yazarı olmak demek, bugün çok okumak, çok yorulmak demektir." Bu sözü boş verelim, size yaramaz.

Sabrina çok kızmıştı:

— Ne demek yaramaz! Ben henüz ölmedim. Madem ki umudunuzu öldürmeyin, diyorlar. Ben neden öldüreyim. Gelecekte benim yazar olmayacağımı nerden biliyorsun?

Gülüşürler:

— Doğru, umudu ölmeyenin heyecanı da ölmez. Sizi tebrik ediyorum.

"İnsanlar, ya hak ettikleri mutlulukları yaşarlar, ya da ileride ödüllendirilecekleri acıları çekerler." Cemil Tokpınar.

"Sevilmeyen yol, kalabalık bile olsa ıssızdır."

"Şükür, nimeti görmek değil, vereni görmektir."

"Allah, büyüklük taslayanları sevmez." (Nahl, 23)

"İlgisiz milletin gençliği ölü doğar."

"Bana gelince ben, celladımdan daha çok yaşayacağım." Ömer Muhtar

Sabrina birden "Durun!" diye refleks halinde tavır sergiler.

— Ömer Muhtar denince orda bir duracaksınız. Söze bakın şu söze. Bu ne şahsiyet böyle, bu ne mükemmel insan. Ona nasıl hayran olmam. O harika bir insan, ona tapıyorum.

Cennet, Sabrina'nın sözünü böler;

— Maksimilyan, bizim dinimizde insana tapıyorum demek çok kötü bir şey değil miydi?

Maksimilyan soruyu duymazdan gelip devam eder:

— "Hayatı kaybetmekten daha acı bir şey vardır. O da yaşamanın manasını kaybetmektir." B. Toprak

"İyiliği yalnız iyiler, kötülüğü herkes anlar." Cenap Şehabettin.

Sabrina bu söze de hayran kalmıştı.

— İşte bu söze şapka çıkarırım. Bu çok doğru. Bir arkadaşım vardı. Yirmi yıl boyunca ona hep iyilik yaptım, iyilik düşündüm. Hep iyiliği kendi menfaatime yaptığıma dair delil buluyor, benim arkamdan konuşuyordu. Gerçekten, kendisi kötü olan iyiliği anlayamıyor. İyiliği yine iyiler anlıyor. Eee! Başka başka, Maksimilyan devam et, birazdan uyku saatiniz gelir gidersiniz. Onun için acele edin.

— Yeter ki faydam olsun tabi ki devam ederim.

"Aşk söz istemez, o tek başına yol alır." Muhammed İkbal

"Her söylenen kelime, çocuğun şahsiyetine konan bir tuğladır."

"... Namaz, Allah'a boyun eğenlerden başkasına ağır gelir." Kur'an-ı Kerim

"Eğer yürüdüğünüz yolda, hiçbir engel yoksa, o sizi hiçbir yere götürmez."

"Yaşadığımız her an, kendi hakkını ister."

"Öyle boş sözler vardır ki, içinde koca bir millet esir edilmiştir." Hasan Mezarcı

Bakın bu söz de çok doğru. Bu notu alırken de çok beğenmiştim. Bir söz atıyorlar ortaya, yıllarca o sözün peşinden binlerce insan koşuyor. Neyse ben devam edeyim.

— Yorum yapma Maksimilyan, vakit geçiyor.

— Peki Madam Sabrina.

"Banka iyi havada şemsiye verir, yağmur başlayınca çeker alır." İngiliz Atasözü

"Timsahla anlaşmanın tek yolu, onun tarafından yutulmaya razı olmaktır." Fatih Sultan Mehmet.

Sabrina biraz duraklayıp, bilinç altındakilerini sergiler:

— Nefret ediyorum Fatih Sultan dediğiniz adamdan. Avrupada Orta Çağ karanlığını o başlattı. Müslümansınız, sakın kırılmayın, ama...

Maksimilyan konuyu bölmek istemiyor edasıyla Fatih

Sultan Mehmed'e hakareti kendi yöntemiyle engellemeye çalışıyordu:

— Sizin için Orta Çağ karanlığı oluştu, ama bizim için Orta Çağ aydınlık dönemiydi. Aslında çağlar tasnifi sizde var, bizde yok. Fatih Sultan, Batıya bile aydınlık götürmüştür. Ama... En iyisi ben okumaya devam edeyim.

"Gençliğine güvenip vakit çok erken derken, belki elveda bile diyemezsin giderken." Necip Fazıl Kısakürek.

"Kötülük yapanın en gizli şahidi, kendi vicdanıdır." Hz. Ömer.

"Sıradan insanlar yanlışları, sıra dışı insanlar doğruları görür."

"İnsan ne kadar az düşünürse, o kadar çok konuşur." Monte Squiev

Cennet sıkılmaya başlamıştı.

— Yeter Maksimilyan. İnan ki yoruldum. Böyle sözleri sindire sindire okumak gerekmez mi?

— Ben ne yapayım. Sabrina'ya söyle, kadın konuşmak istiyor. Ben not okumaktan başka ne konuşabilirim ki?

Sabrina devam edilmesini rica ediyordu. Mecburen devam ediyordu:

— "Bugün yorulmayanların yarını yoktur."

"Başarılı insan, kimseye muhtaç olmayandır." diyorlar yalan. Kimseye muhtaç olmayan sadece Allah'tır."

Sabrina yine heyecanlanmıştı:

— Bak bu söz çok önemli. Bazı akımlar insanın kendi kendisine "tanrılık" yapabileceği mesajını veriyorlar. Bizi Tanrı'ya tenezzül etmeyecek hale getirdiler. Biz gençliğimizde öyleydik. Şimdiki gençlik, bize oranla daha çok düşünüyor. En azından, her şey akılla çözülür. Tanrı çözülemez bunu biliyorlar.

Durmadan esneyen Cennet, artık dayanamıyordu:

— Madam Sabrina, bu gecelik bu kadarla yetinsek olur mu? Sabah yorgun kalkıyoruz da...

***

Karı koca ikisi birden evden işe gidiyorlar, ayrı ayrı tramvaylara biniyorlardı.

Hâlâ çok mutluydular. İbran Beye kimse akıl erdirememişti. O, tavrını sürdürüyor. Maksimilyan hiç konu etmiyor, karısına, "Sen ne zaman konuş dersen, ben gider hemen konuşurum." diyordu sadece.

"İki süper iradeli insan... İkisi de âdil... İkisi de azimli... Dünya üzerinde benzeri karı koca çok az bulunur." İfadesi onlar için kullanılıyordu.

Buna rağmen Maksimilyan'a düşmandı İbran, kızını ayırabilmek için her türlü yola başvuruyordu.

* * *

Gecenin yarısı Ali'nin bağırtıları cam kırılması sesleri, ardından bir kadının feryatları duyuldu. Maksimilyan, İbran ve Hasan Hoca hemen Ali'nin zilini çaldılar.

Ali büyük bir hışımla kapıyı açtı:

— Ne var? Niye toplandınız?

Hasan Hoca alçak sesle cevap verdi.

— Bir çığlık duyduk ta. Ardından camların kırılma sesi.

— Tabi duyarsınız. Benim gibi karısı olan erkekten duyarsınız. Ama şu çocuklar bir büyüsün, ben ona beni aşağılamak neymiş göstereceğim. Onun kadar alçak bir kadın yoktur tamam mı? Beni mahvetti bu kadın. Onunla evlendim, diye beni kendisine muhtaç sanıyor. O kim be? Ben onun gibi elli kadın bulurum.

Bu arada Ali'nin hanımı kapıda görünmüştü. Hasan Hocaya seslendi.

— Hocam! Siz içeri buyursanız da bize hakemlik yapsanız. Mümkün mü acaba?

Teklifi kabul eden Hasan Hoca içeri girer. Ali hâlâ bağırmaktadır:

— Terbiyesiz! Çevredeki insanları kendine şahit tutacaksın değil mi? Melek gibi göstereceksin kendini, mahkemede çocukların velayetini sen alacaksın. Ama sana ikiz evlatlarımın birini bile vermeyeceğim. Seni sürüm sürüm süründereceğim.

Ayşe, kocasının işsizlikten ve kendisi sayesinde Avrupa'ya gelişinden dolayı kompleks içinde olduğunu biliyor, çocuklarının hatırı için daima alttan alıyordu. Artık dayanamaz hale gelmişti:

— Hocam! Şuçumu sorar mısınız ona?

Ali karısının taklidini yapıyordu.

— Hocam! Suçumu sorar mısınız?

— Ulan senin varlığın bile suç be! Beni aşağılıyor, bana üstünlük taslıyorsun. Benim üzerimde tahakküm kurmak istiyorsun; ama ben, karı emrine girecek erkeklerden değilim. Kibirli şey. Şu duruşun bile ne olduğunu gösteriyor. Kendinden emin emin durmanın anlamı ne? Aslında emin durmak benim hakkımken. Ben erkeğim ulan! Erkeğe karşı böyle mi durulur?

İbran evine dönmüş, Maksimilyan ile Hasan Hoca ikisinin tartışmasını izliyordu.

Hasan Hoca, Ali'nin bâtıl örfün ve hurafelerin kurbanı olduğunu anlıyordu. Kolay değildi kompleksli insanın düzelmesi.

Sırf kompleksi uğruna Ali, eşinden ayrılmaya kararlıydı. Hasan Hoca bunu Ali'nin sözlerinden anlıyordu. Ayşe çok tutarlı bir kadın olduğunu konuşmalarıyla sergiliyor ama, Ali, Ayşe'nin güzel konuşmasına da tahammül edemiyor, onun her sözünü kendisine sıkılan kurşun gibi hissediyordu.

Hoca'ya göre Ali'nin kompleksi haddi aşmış, çıldırma boyutuna girmişti:

Ayşe, Hasan Hoca'ya sorar.

— Hocam! Bir kadın kendi haklılığını söyleyemez mi? Ya da kendisini savunamaz mı? Ben onu buraya getirdim, diye ona üstünlük kuruyor muşum. Hocam öyle kadınlar vardır belki, ama ben öyle bir insan değilim. Hayat bu, imkanlar paylaşılır değil mi hocam? Ben onu küçük görüyor muşum. Hangi kadın küçük gördüğü erkekle evlenir. Benim yerime o gelmiş olsaydı benimle evlenmeyecek miydi? Ben Ali'nin kompleksinden çok yoruldum. Sabrım taşıyor:

— Ailene söyledin mi?

— Hayır Hocam.

— İyiii. Bu iyi haber.

Ali pirelenmişti:

— Niçin sordunuz Hocam?

— Bir yazar der ki, "Bir kadın kocasından ayrılmayı göze alıncaya kadar, ya da bir bunalıma girmeden, kocasının bâriz hatalarını ailesine söylemez." Demek ki karın henüz senden ayrılmayı tam düşünmemiş. Ama bu hiç düşünmeyecek anlamına gelmez.

Aslında herkes evlenirken "Bana layık eş ol." diyor da ben aradığım kalitedeki bir eşe uygun biri miyim?" diye düşünmüyor. Ne hoş söylenmiş:

"Evlilikte başarı, aranan kişiyi bulmakla gelmez, aynı zamanda aranılan kişi de olmak gerekir."

Ali kardeş, senin hanımından şikayetin tam olarak nedir?

— Çenesini tutsun. Bana saygı göstersin.

— Saygı saygıdan doğar. Hangi kadın bu kadar hakaret gördüğü bir erkeğe saygı gösterir ki? Biz insanlar, kötüleri gördükçe kadınlar erkeklere erkekler kadınlara kan kusturuyoruz. Hep söylerim, doğudaki yanlış örfleri dünya duydu, ama Batının yanlış örfü ve dinsizce gidişi yeterince işlenmedi. Doğru örf ister Batıdan gelsin ister Doğudan, dinimize uygunsa alırız. Sen, hem Batının hem de Doğunun kötü yönlerini almışsın. Doğudaki kompleksli erkekleri aynen modellemiş, erkek olmanın ücretini istiyorsun. Bir taraftan da Batının kumarını, kadını kolayca boşama alışkanlığını da yine Batıdan alıyorsun. Eee! Bu iş nasıl hallolacak? Sen işe başlamadığın için ne kadar kötüleri gördünse o kadar onlara doğru gidiyorsun. Kumarhanenin yolunu biliyorsun da, caminin, kursların yolunu bilmiyor musun? Canı sıkılan oyuna oynaşa gidiyor. Bak Maksimilyan'a. Senden sonra geldi kısa sürede derdini anlatacak düzeyde Almanca öğrendi. Unutma "Tembellik en kötü esirliktir." Kendine güvenen şahsiyetli insan, hela bile temizler de aşağılık kompleksi duymaz.

Ali çok sinirlenmişti. Gözlerini yerinden fırlatırcasına bağırarak sordu:

— Hocaaam! Hocam, bak yanlış yaptın. Böyle sözler bizim racona ters düşer. Benim karımın yanında, başka erkekleri örnek veremezsin:

— Senin karın başka erkeklerle senin arandaki farkı görmüyor mu?

Ali bu sözle deliye döner:

— Neeee! Karım fark ediyor mu?

— İyiler ve kötüler daima fark edilir.

Ali hırsla Hocanın kolundan tutup dışarı atmaya çalışır.

— Sen ... Sen Hocaa! Sen beni kâtil edersin. şimdi sen şu evden çık, başka erkekleri fark etmek neymiş ona göstereceğim.

Hasan Hoca eliyle Ali'yi itip konuşmasına devam etti:

— "Dene altını mihenk taşında, dene insanı bir iş başında." demişler. Unutma Ali ve kendine gel "Deveyi yardan uçuran bir tutam ottur." Sen deve değil, insansın, nefsani tutumun yüzünden, hem yuvanı yıkacaksın, hem de kendini uçurumdan atacaksın. Kadının yalnız ekmeğe değil, kendisini onurlandıran kocaya da ihtiyacı var. İşin yoksa bâri işe yarayan konuşmaların olsun. kendi hatanı gör biraz. Kocasına "Benim sayemde karnın doydu." diyen bin kadının içinde yüz kadın olsun, eşine bu sözü söylemeyen dokuz yüz kadının suçu günahı ne? Kadının neye ihtiyacı olduğunu öğrensen iyi edersin. Kafanı kaldır da biraz dünyaya bak. Dünya, sen kundaktayken gördüğün gibi değil.

Eflatun ne güzel söylemiş "Küçük şeylere gereğinden fazla önem verenler, elinden bir şey gelmeyenlerdir." Victor Hugo da "Asıl utanılacak yoksulluk, bilgiden yoksul olmaktır." der. Kadın ve çocuk ruhunu ve de kendini anlamak için kaç kitap okudun? Bu soruyu samimiyiz diye soruyorum ha:

— Sen resmen karımdan yanasın.

— Hayır! Haklıdan yanayım. Bak sen bilirsin, Cemal'in karısının aleyhinde şahitlik yaptım. Neden? Kocasına kan kusturuyordu da ondan. Yok elmas isterim, yok sırtıma kadar açık giyerim, kocam buna karışamaz, yok çocuk doğurmam, koruyucu aile olurum. Bunlar da yetmiyor, herkesle yarıştaydı. Yok, eltim arabasını değiştirdi ben de değiştireceğim, yok kız kardeşimin kocası karısına şunu aldı sen niye almıyorsun? Adam bir defa evlilik, iki defa da yaş gününü unuttu diye, kan kusturdu. Müslüman kadın, ya da erkek, böyle günleri nasıl bu kadar dert eder?

Adama dünyayı dar ediyordu. Bir de yabancı erkekle tenha bir yerde gördüm onu adamla el ele. Yoksa senin karında öyle bir hal mi var?

Ali çıldırmıştı sanki:

— Ne diyorsun sen be! Hocaysan hocalığını bil! Bize öyle yamuk yapacak kadın henüz yaratılmadı... Hadi Hoca git de, şu kadının bir hesabını görelim bakalım. Başka erkeklerin takipçisi mi?

— Karın sana hiç güler yüz göstermezse, kocasına güler yüz gösteren kadın senin dikkatini çekmez mi?

— Tabi çekmez.

— Hadi ordan! Ayrıca sen ha! İkide bir de beni kovma, gitmeyeceğim. Hanımını döversen hemen polis çağırırım bunu bil. Burda, geceyarısı uğraşıyorsak, belki barışırsınız, diye uğraşıyoruz.

Ayşe;

— Barışmak mı? Hocam, bizim barışık mı dargın mı olduğumuz belli değil ki! Problemimiz şu: Ali'nin benden ne beklediğini anlayamıyorum. Ben ona dayanıyorum da o bana neden dayanamıyor, bir türlü aklım almıyor.

Ali elindeki anahtarlığı sallaya sallaya cevap verir;

— Sen onu bunu bırak, Maksimilyan'ın Almanca öğrendiğini duydun mu, duymadın mı?

— Duydum.

— Pe .. Peki ne düşündün?

— Helal olsun, bravo, boş zamanını doldurmayı başardı. Ne becerikli insan dedim.

— Hayır erkek dedin.

— Ne fark eder ki?

— İşte ben şimdi öldüm. Bitti bu evlilik bitti.

Ayşe şaşırmıştı:

— Zaten evlilik diye bir şey yoktu. Ama senin bitti dediğin ne ise, bitsin gitsin de hepimiz kurtulmuş oluruz?

— Tamam, konuşmayın, her şey bitti. Benim karım başkalarını göremez.

Ayşe:

— Niye? Senin karın kör mü? Sen kör müsün? Sen her şeyden en az beş olumsuz şey çıkarırsın. Ben sana dayanamıyorum artık. Ne istiyorsan onu yap. Yeter, artık senin kaprislerine, komplekslerine dayanamayacağım:

— Al işte. El alemin kocalarında gözü olan kadının yapacağı bu işte.

Ayşe, adeta cinnet geçirmişti. Eline geçirdiği sehpayı kocasının kafasına fırlatıp bağırmaya başlar:

— Artık sana sabretmeyeceğim pis kumarcı, tembel. Tembelliğini örtmek için, bağırarak yiğitlik yapıyorsun aklın sıra. Yiğitlik bu değildir Ali Bey. Kocalık ise zaten hiç değil.

Git ne halin varsa gör. Ama ben senin yüzünü en az bir yıl görmek istemiyorum, bir yıl. Sana esir olmaya, hakaret duymaya değil, mutlu olmaya gelmiştim. Kölen olmaya değil. Seni de, senin sandığın gibi kendime köle almadım, köle muamelesi de yapmıyorum. Ama senin yanlış algılarından bıktıım, bıktım artık. Şunu da bil. Hiçbir kadın köle yapılabilecek bir erkeği koca olarak seçmez. Köle görmek arzusu senin gibi erkeklerde olur.

***

Maksimilyan ile Cennet aradan geçen zaman içinde çok idare ederek epey para biriktirmişlerdi. Maksimilyan babasından kira parası istemiş. Yahya Bey de, "Oğlumun Avrupa'da başı sıkışmasa benden para istemezdi." deyip, bir yıllık kirayı göndermiştir. Daha sonra ise Maksimilyan ve Cennet biriktirdikleri parayla bir otomobil alırlar. Önlerinde bir haftalık tatil vardır, bu tatilde yakın Avrupa ülkelerini gezeceklerdir. Cennet'in ilgisini çekmişti. Otomobil almaya gittiklerinde, Maksimilyan karısının üzerine almıştı otomobili. Cennet:

— Ortak yapsaydın Maksimilyan!

— Ne fark eder Cennet! Senin malın benim malım sayılır. Bu sözü kadınlara hep erkekler söylemişken, bazen de erkekler söylese, diye hayal kurar, ilk aldığım ne olursa olsun eşime alacağım, derdim. Bu konuda okuduğum bir kitap beni çok etkiledi. Orada bencil bir adam vardı. Karısı, karnı burnunda çalışıyor, adam bütün parasını alıyor. Bu da yetmiyor, ne alsa tapusunu kendi üzerine yapıp, "Karıcığım, benim malım senin malın sayılır." diyor. Karısını boşadığında ona kırık iğne bile vermiyordu.

— Allah Allah! Beni şaşırtıyorsun Maksimilyan. Ne kadar duyarlısın. Her kitap okuyan senin gibi, okuduğunu anlamış olsa dünya farklı bir yer olurdu herhalde.

— Bir şey daha, Almanca kursuna gidiyorum ya. Hoca bir gün ne dese beğenirsin, "Aile denince sadece kendisini gören, bencil erkekler hanımıyla beraber kazandıkları parayla sadece kendi üzerine mal alırlar. Geri kalmış ülkelerde durum budur. Hadi bakalım, bu cümleden yola çıkarak bir öykü yazın." dedi. Ben de yazdım. Neyi yazdım biliyor musun, Bölgemizde, belki de Türkiye'de, aldığı her şeyi, arsadan bileziğe ne varsa, hepsinin yarısını hanımının üzerine alan dedemin öyküsünü yazdım. Annemin babasıydı. Ne alsa ninemle ortak yaparmış. Öyküsünü yazınca öyle onurlandım ki anlatamam. Yıllar sonra dedeme, alnımı ak bir öykü yazdırdığı için manen teşekkür ettim. Ruhuna dua okudum. Hikayenin sonuna şu notu düştüm: "Dedem bunu yaparken, Avrupa, kadının insan olup olmadığını tartışıyordu," dedim.

— Ne kadar güzel! Bunu bana hiç anlatmadın.

— Bir şey alıp seninle ortak yaptığım gün anlatacaktım... Gerçi burda zaten kim alırsa alsın ortak oluyormuş, ama ben bunu bilmiyordum.

Bu arada arabanın anahtarını veren galeri sahibinin sesiyle bölündü konuşmaları.

Cennet, Maksimilya'nın gözünün tokluğuna kendisine güvendiğini paraya dayanan formülle de belli eden kocasına hayranlığı her geçen gün daha çok artıyordu. Direksiyona Cennet geçmiş, Maksimilyan da yanına oturmuştu. Neşe içinde evlerine gidiyorlardı.

Maksimilyan sordu:

— Araba kullanmayı ne zaman öğrendin?

— Beş yıl oluyor. Bir Mersedes almıştım. Uzun süre kullandım, bir gün kaza yapınca sattım onu. Kompleks yapmazsın değil mi?

— Neyi?

— Ben direksiyondayım ya!

— Biraz ... Ama hemen bu yersiz duygumu frenledim. Nasıl olsa ben yakında ehliyetimi değiştireceğim. Bir de sen havalara girmiyorsun ya, onun için de rahatım. Havalara girsen dayanamam.

Bir ara susarlar. Ormanlık yerden geçiyorlardı. Maksimilyan seyre dalmıştı:

— Maksimilyan!

— Efendim.

— Başka hikaye yazmadın mı?

— Ne hikâyesi?

— Hani, kursta yazmışsın ya!

— Haaa! Evet yazdım. Annemle babamın aşkını.

— Bizimkinden daha mı büyük onların aşkı?

— Asla, şehrimizde, köyümüzde benim gibi bir âşık göremedim.

— Köy dedin de, köy gözümde tütüyor. İzinde köye gidelim olur mu?

— Olur tabii. Seninle olduktan sonra...

— Sahi, ne düşündüm biliyor musun, evlendiğimizden beri sadece üç kere kavga ettik. Günlüğüne o kavgaları yazmıyorsun, değil mi?

— Yazdım, onu çocuklarımıza okuyacağım. Çünkü çok komikti kavgamız. İkimizde sinirliydik. İkimiz de saçmaladık.

— Birinde ben kesin haklıydım.

— İkincisinde?

— Emin değilim. Şundan eminim ya o bana yetiyor. Sen haksız olsan bile, sinirin geçince anlar benden özür dilersin, ben anlayınca da senden özür diliyorum. Fakat babam aklıma gelince huzurum kaçıyor. Ya... Bu kadar zaman geçti yine aynı. Hatta Sabrina'yı bile kıskanıyormuş. Ona gitmiş "Onlar seni Müslüman yapacaklar haberin olsun, onlardan kendini koru." demiş. Sabrina da ne dese iyi "İyi ya, iyi bir Hristiyan olamadım, nasıl olsa İsa'yı ve Meryem'i onlar da seviyorlar, keşke iyi bir Müslüman olsam. Ama iyisi haa, sizin gibisi demiyorum." demiş. Annem anlattı, babam mosmor olmuş.

— Gerçekten babana hâlâ akıl erdiremedim. Neyse bir hafta yokuz ya. Belki biraz düşünür:

— Düşünse ölüm yatağında düşünürdü. Sanmıyorum. Biz mutlu oldukça, babam daha çok azıyor. Onu o kadar seviyorum, nasıl oluyor da beni incitmeyi, beni sarsmayı, beni kendinden yavaş yavaş koparmayı göze alıyor anlayamıyorum. Biz kavga ettiğimizde de çok sevinmiş. Bunu sana, bir gün bana kullanmayacaksın, diye söylüyorum ha... Eğer bir kere kullanırsan, bir daha en küçük bir olayı bile söyleyemem sana. Biliyorsun itimatlar, birer kere ile kırılır.

***

Ertesi gün İtalya'ya gideceklerdi. Sabrina telefon açmış, yine sohbet istediğini, canının çok sıkıldığını söylemişti.

Cennet "Madam Sabrina yarın gidiyoruz, bavul hazırlayacağız." dediyse de o ısrar eder. "Cennet, ricamı kırma. İnan bana çıldaracak gibiyim ne olur gelin." deyince Maksimilyan da kırmaz Sabrina'yı:

— Gidelim. Zaten kocaman defterde altı sayfa kaldı. Başka da yok. Öteki defterleri ortaya çıkarma sakın.

Sabrina'nın İslâm'a hayran olan durumu Müslümanlar arasında yayılıyor, herkes sevincini dile getiriyordu. Bu durumu fark eden Hasan Hoca isyan halinde herkese derdini döküyordu. Yüzlerce gencin Hristiyan veya dinsiz oluşuna alıştıkları için üzülemeyenler, bir Hristiyanın Müslüman oluşuna aşırı seviniyorlar, bu da canımı yakıyor, sıkıyor dert yanıyordu.

"Her gün yüzlerce gencimiz İslâm atmosferinden çıkıyor, İslâm'dan kopuyor, onu takip eden yok, bir Hristiyan Müslüman olunca, sanki zafer kazanmış gibi havalara giriyorlar. O İslâm'a giren kardeşimizi de havalara sokuyoruz. Önceleri inanılmaz ilgi gösteriyor, sonra aniden o ilgiyi kesiyor, onu da şok ediyoruz." diyordu.

Bavulları hazırlayıp bir kenara koyup Sabrina'nın yanına indiler. Sabrina önce, yan binadaki Müslüman Faruk

Bey'i konuşmak istemişti. Sabrina'nın takiplerine göre; Faruk Bey, evinde çok adaletlidir. Hanımına kızına özellikle damadına karşı çok iyidir. Her gördüğü Hristiyan komşusuna "merhaba" deyip hatırını sorar. Sabrina, onun damadıyla ne kadar samimi ve arkadaş gibi olduğunu takip etmiştir. Cennet ve Maksimilyan'a sorar:

— Size bir şey sormak istiyorum. Faruk Bey de Müslüman İbran Bey de Müslüman. Neden ikisi başka başka dinlerdenmiş gibi duruyorlar?

Altında çok şey yığılmış olan soru ikisini de şaşırtır.

Cennet verir cevabı:

— Aşk olsun Sabrina, babam değil miydi sana "Dikkat et bunlar seni Müslüman yapacak." diyen. Babam Müslüman olsa bunu söyler miydi? Öyle bir şey varsa onun sevinip, sizi tebrik etmesi gerekmez miydi? Kısacası, babam sözde dindar. Faruk Bey ise dindar, hem de gerçek dindar.

Maksimilyan devam etti:

— Madam Sabrina! Siz de iyi dindarlar vardır, iyi Hristiyan vardır. Buna karşılık kan döken, fuhşuyatı yayan, uyuşturucu satarak gençleri ölüme götüren bir kadına gönül verince hemen karısını boşayan, çocuklarını anne babasıyla büyümekten mahrum edenler de vardı. Hâlâ var. Bakın siz, bizim taraftaki ayrıntıyı hemen fark ettiniz. Sizdeki farklılıkları Batılı aydınlar neden fark etmiyorlar acaba? Yoksa, Batının düşünce ufku dumura mı uğruyor? Yani, Batı aydını diyorum, neden Batının karanlıklarını görmüyor?

Sabrina dikkatle dinleyip mırıldandı;

— Haklısınız. Ama sizde de aydınlar aydınlatmıyor.

— Madam Sabrina, hep içimdeydi bu, söyleyemiyordum. Batı dünyasında bir inanış var. İslâm âleminde erkeklerin kadını ezdiğine, aşağıladığına dair. Yüzde altmış doğru. Bir itirazımız yok. Çünkü düzgün yolda, zikzaklı yürüyenler elbet yanlış hayat süreceklerdir. Bizde böyle, siz biliyorsunuz. Sizde ise, yani Batı Medeniyetini kastediyorum, şimdi bize bulaştı bu medeniyetin çürümüş yanı. Ama hiçbirimiz farkında değiliz. Batıda kadınları hem kadınlar, hem de erkekler eziyorlar. Neden bunu İslâm âlemi bilmiyor hiç merak ettiniz mi?

Sabrina gözlerini sağ tarafa yukarı çevirerek cevap verir:

— Demek ki sizde iş yokmuş. Neden dininizi doğru dürüst bildiremediniz? Doğru, benim bildiğim en az elli yuva var yıkılan, bunun en az otuzu evli erkeğe pas veren kadınlarla evli kadına kur yapan erkekler yüzünden yıkıldı. Ya dindarlar? Ben, namuslu karısını bırakıp namus inancıyla alay eden, kadına giden, namussuz kadını, namuslu karısına tercih eden ve karısını ağlatan erkekler gördüm. Ne dinleri kaldı, ne de dinlerine karşı mahcubiyetleri.

Sizin din adamlarınız sizin gençliğiniz, Batıya böylesine hayran olurken nerdeydiler? Sizin ülkenizde hem üstsüz gezenler gördüm. O zaman çok şaşırdım. Dedim Osmanlı'nın toprakları da çıplak gezilecek hale gelmişse, ikinci tufan yakında gelir. İşte Derya'nın kocası. O da Osmanlı bir dedenin torunu değil mi? Ama o insan olamaz. Geçen akşam karısını yine dövdü. Ben de polise ihbar ettim. İyi etmemiş miyim? O ne biçim Müslüman. Onu İslâm eğitememiş mi?

Maksimilyan'ın gözleri dolar. Bir Batılı Hristiyandan bu sözleri duymak,

Maksimilyan'ı hücrelerine kadar titretir. Balyoz yemiş gibi sersemleyerek cevap verir:

— O İslâm'dan eğitim almak istememiş ki? Onu Batı yetiştirdi. Batı nikahlı iki kadını yasak etti, ama nikahsız yüzlerce kadın verdi bir erkeğe. En ufak kısıtlama, kınama bile yok. Her şeyi özgürlük adına yaptı.

Keşke Batının güzel yönlerini almakla kalsaydı Müslümanlar ve Hristiyanlar. İnsanlık böyle dökülmezdi. Bakın demokrasi adına devamlı can alınıyor ve hâlâ bu can alanlar demokrasi hikayesine aldanarak cinayeti savunuyorlar. Bir insan, ama Batılı bir insan öldürülürse terör, İslâm aleminde Batılı tarafından Müslüman öldürülürse demokrasi mücadelesi oluyor.

Sabrina başını eğmiş düşünürken, ilk konuyla devam etmeyi tercih etti:

— Çok doğru. Nerde okuyan Müslüman gördümse onun karısına karşı davranışlarını çok medeni buldum.

Bizde de öyle, iyi Hristiyan dindarlar eşlerini aldatmazlar. Ama sizdeki gibi bizde de iyiler az.

Cennet acele ediyordu. Maksimilyan'a rica etti:

— Ne olur, konulardan konulara geçmeyin. Aceleyle oku şu son notları. Çabuk çabuk oku da hemen gidip yatalım. Sabah erkenden yola girelim. Daha annemlere Allah'a ısmarladık diyeceğiz. Pardon ben diyeceğim. Bu gece diyemezsem, sabah sabah hiç diyemem.

Maksimilyan eşinin yasağını delmek istiyordu:

— Artık bana izin ver de babanla vedalaşayım. İnsan bu, kıskançlık tsunamisi kuşatmıştır onu. Biz insanlığımıza devam edelim. Aradan epey zaman geçti. Belki düzelmiş, hatasını anlamıştır.

Cennet, derin derin düşünür. Eloğlu olmasına rağmen bu teklifte bulunuyorsa, kendisi bir evlât olarak, aksini yaparsa ayıp olurdu. Sessizce cevap verdi:

— Sen bilirsin.

— Tamam, şimdi notlarımı okuyup hemen gidiyorum.

"Arkadaş uğrunda ölmek kolay, fakat uğrunda ölünecek arkadaşı bulmak zordur."

"Şeytanın insandan koparabileceği en büyük taviz ümittir."

"Birdenbire kazanmak isteyen birdenbire kaybeder."

"Ekmeksiz kalmaya razı olabilirim, ama hürriyetsiz kalmaya asla." Said-i Nursî.

"Yürek yarasını ancak dost işitir."

"Zalimleri affetmek, mazlumlara zulüm olur." Sâdi.

"İlim ümit ederek beklemekle olsaydı, herkes âlim olurdu." Hz. Ali.

"Özgürlüğün ötesinde Allah'ın verdiği özgürlük vardır. Allah'ın verdiği özgürlükte asalet, şeytanınkinde rezalet vardır."

"Zeka ile akıl arasındaki fark; zeka, merdivenden hemen çıkmaya bakar. Akıl ise merdivenin nereye dayandığını sorar."

"Bir amacın olması, kişinin spor yapması, emellerinin olması,.cinselliğe aşırı yönelişi önler."

"Sabah kalktığında içki istemeyen henüz alkolik olmamış sayılır, isterse içkiyi bırakabilir."

"Malı az olan insan değil, istekleri çok olan fakirdir."

Sabrina bu sözü çok beğenir.

— Bakın bu söze de şapka çıkartılır. Kim demişse doğru söylemiş.

Maksimilyan notlarını hemen bitirmek ister:

— Madam Sabrina, isterseniz şu bir sayfalık notlarımı bitireyim. Geç kalıyoruz da.

"Jakoben: Tepeden inme kültürel baskıdır. Nerde o varsa öteki yok demektir."

Bir sayfa daha bitmiş, Sabrina yorulmaz; fakat Cennet iyice yorulmuştur:

— Artık yeter Maksimilyan. Babamlarla vedalaşacağız.

Sabrina hüzünlü hüzünlü sordu:

— Ne oldu Cennet?

— Acele ediyoruz Sabrina. Gelince okuruz, inan çok yorgunum.

Sabrina üzülmüştü.

— Ben gece bitmese, hep anlatsanız diyorum, siz de bir an önce gitsek diyorsunuz. Ne garip.

* * *

Veda faslı bitmiş, uykudan sonra yola girmişlerdi. İbran Bey soğuk soğuk tokalaşmıştı damadıyla.

Cennet babasının tavırlarından dolayı kocasından utanıp strese girmiyor, artık kocasının anlayışlı oluşundan dolayı biraz rahatlıyordu.

Yol boyu, kâh ilâhi okuyorlar, kâh şarkı söylüyorlar, saatlerin nasıl geçtiğini anlamıyorlardı.

Yol arkadaşı kafa dengi olunca uzun yollar kısalmıştı.

* * *

Neşe içinde, önce, dünya Hristiyanlarının çoğunun

yönlendiği Roma'ya ulaşmışlar, Gondola binip bir gün bir gece gezmişler, daha sonra Hollanda derken gönüllerince bir hafta gezmiş, günler sonra geri dönmüşlerdi.

Bir hafta neşe içinde geçmişti. Gördükleri olayları yıllarca birbirlerine hatırlatacaklardı.

Maksimilyan Almanya'da, Fransa'da trafikte bazen yarım saat beklediklerine şahid olunca çok şaşırıyor, "Türkiye'de, buralar cennet gibi anlatılıyordu." demekle yetiniyordu. Hayran kaldığı tek şey ise, büyük bahçe içinde müstakil evlerdi.

Bir hafta sonra döndüklerinde, İlk iş olarak Sabrina'ya uğrarlar; ama ummadıkları bir şey olur, kapıda Sabrina'nın ablasına rastlarlar. Sabrina'yı sorarlar. Aylardır, Hıristiyanlığın, düşmanını bile seveceksin dediğini anlatmak için koşturan misyoner abla, yüzlerine bakmadan cevap verip hızla sokak kapısını kapatıp sokağa çıkmıştı bile.

Sokaktan tamamlar sözünü:

— Sabrina öldü. Üç gün önce onu gömdük.

Her ikisi de oldukları yerde kala kalmışlardı. Cennet duyduklarına inanamıyordu. Sabrina'nın kapısına baktı, kapının ağladığını adeta görmüştü.

İki gün sonra Sabrina'nın mezarını buldular. Maksimilyan üzgündü, Hristiyan mezarına gömüldüğü için. Günler sonra Hasan Hocadan gelmişti cevap:

— Anlattıklarınız doğruysa, o bir mümin olarak öldü. Hangi mezara gömüldü mühim değil. Allah onu o mezarda da bulur Cennet'ine koyar, üzülmeyin.

* * *

Aylar sonra...

Bir akşam İbran heyecanlı bir halde Maksimilyan'ı çağırmış, konuşmak istediğini söylemiştir:

— Bak Maksimilyan. Sana neden kötü davrandım biliyor musun oğlum? Baktım sen temiz bir gençsin, vicdan azabı çektim. Çünkü benim kızımın senden önce metresi vardı ve o metres, kızıma mersedes aldı. Öyle melek göründüğüne bakma. Öyle bir şeytan ki o, senin kanına giriyor.

Maksimilyan'ın dünya başına çökmüştü. Şok halinde İbran'a bakıp kalmıştı. Bir şey söylemek istiyor ama dili dönmüyor, sanki ağzında dili kaybolmuş gibi hissediyordu kendisini. Zoraki konuşur:

— Bakın, sıradan sevmek, demiyorsunuz, metres diyorsunuz. Metres hayatı yaşamış olsa bunu bana söylerdi. Ben de kabul eder veya etmezdim. Öyle bir kızın bu kadar büyük ihaneti olur mu? Ayrıca ben böyle olsa onu anlardım.

İbran hiç istifini bozmadan cevap verir:

— Tıp, tıp canım. Her şeye çözüm buluyor. Kızım da zeki. Senin gibi dürüst bir gence böylesine büyük kazık atmasına dayanamıyorum. Resmen onunla yedi ay aynı evde yaşadı. Benim bunları söylediğimi kızım ya da hanımım duyarsa intihar ederim, sebep de seni gösteririm, haberin olsun.

Senin bunların kanunlarından haberin yok. Sürünürsün. "Peki bana bunları neden anlatıyorsun. Sen kızına düşman mısın?" diyeceksin. Anlatayım: Ben dürüst insanları çok severim. Sen çok temiz bir insansın. Benim babam da çok dindardı. Sen de dindarsın. Hocasın.

Maksimilyan tek kelime konuşmadan kalktı.

Ceset gibi evine döndüğünde Cennet kocasının renginin uçtuğunu ve perişan halde olduğunu fark etmişti:

— Ne oldu canım, babam neden çağırmış?

Konuşmaya dermanı yoktu Maksimilyan'ın "Hiiiç" deyip yatağa attı kendini, kulaklarına inanamıyordu. Kendi kendine konuşuyordu: "Eğer bu bir iftira ise, bu nasıl bir baba, değilse Cennet bana nasıl ihanet eder? En ufak bir vicdan azabı da çekmiyor.

Bir insan, hem ölesiye sevip de öylesine büyük ihaneti nasıl yapar! Üstelik yedi ay aynı evde beraber yaşamışlar. Ve aynı dönemde biz mektuplaşıyorduk. Ben şimdi ne yapacağım? Artık buralarda duramam. Ya yalansa? Yoo! Cennet mersedesten bahsetmişti. Sonra, bir baba bunu söylemez. Yabancı değil ki. Ama bu adama inanılmaz ki! Beni gördüğü günden beri gıcık kaptı bana. Yoo! İmkansız bu. Bir baba, kızının veya oğlunun huzurunu bozamaz."

Günler geçmiş. Maksimilyan feci şekilde hastalanmıştı. Kimseyle konuşmuyor, hem üşüyor, hem yanıyordu.

Cennet kocasının baş ucundan ayrılmıyor, doktor getiriyor, soruyor yalvarıyordu. Selime Hanım, kızı işteyken damadının baş ucundan ayrılmıyordu.

Evde yalnız kaldığı bir gün Maksimilyan kalkıp etrafı araştırmaya başladı. İlk defa karısından şüphe etmişti. Dolapları karıştırırken "Günlüğüm" başlığı taşıyan bir deftere rastladı.

Şöylesine karıştırdığında, karısının günlük yazdığını anlamıştı.

"Şimdi delil bulacağım!" diye günlüğü alıp koltuğuna oturdu. Gözlerinden yaşlar süzülüyordu. "Yıllardır senin için yandım Cennet. Senden şüpheye de mi girecektim? Ya şimdi delil bulursam, ben ne yapacağım Cennet! Ben nasıl yaşayacağım? Allah'ım! Aklımı, ruhumu kendimi sana emanet ediyorum. Beni koru ya Rabbi!"

Günlüğü okumaya başlar:

"Bir genç kızı yıkan en büyük unsur kendi hayalleri ve hayalleri doğrultusunda mutlu olacağını sanması. İlginç olan şey bazıları da hayal edemediği kadar mutlu. Bugün Zeynep'e uğradım. Zaten böyle bir günlük yazmama Zeynep'in verdiği ilham sebep oldu.

Ayla'nın mutsuzluğunu gördükten sonra, Zeynep'in mutluluğu bana umut verdi. Ayla'nın kocası diskolardan çıkmayan, bu durumundan dolayı övünen bir gençmiş. Tutmuşlar ona, namazlı niyazlı diye Ayla'yı almışlar. Zavallı kızcağız, ilk darbeyi yirmi günlük evliyken yemiş. Ayla onu kendi kamerasıyla yakalamış. Adı Müslüman bir koca. Ama Müslümanlıkla ilgisi yok. Fakat ona kurban olarak bir Müslüman kız seçmişler.

Rezalet!

Kurbanlardan sadece biri Ayla.

Şimdi Ayla'nın kocasını bilen Avrupalılar "Bakın sizin erkeklerinizde aldatıyor." diyecek; ama aldatma tezgahını biz kurduk demeyecekler yine. İşte bu noktaya alınırım.

Çok üzüldüm Ayla'ya. "Yandım." diyor. "Keşke hiç evlenmeseydim. Şimdi ben böyle bir erkeği çocuğuma nasıl baba yaparım." diyor.

"Ahh annem ah! Gözü kapalı verdi beni." diye çok ağladı. Aynı gün evliliği mutlu giden Zeynep'i görmek moralimi düzeltti. Hayatını anlattı bana:

"Satılmış evlendik aslında, gözüm korkmuştu. Avrupa'ya gelin gidenlerin hepsi kan kusuyor sanıyordum. Sonra anladım ki gerçekten inanmış kişi bilgiliyse her yerde aynı oluyormuş. Cahilse de her yerde aynı. İnsanlar karakterlerini beraber taşıyorlar."

"Kocam, kayınvalidem, kayın babam da çok iyi insanlar. İki yıl hasta yattım, bana çocukları gibi baktılar. Eşim harika bir insan, harika bir eş. Kadın ruhunu iyi öğrenmek için kitap okur, bana sorar. Her derdini bana söyle canım, sakın kocam bunu bana koz olarak kullanır deme. Asla ve asla öyle bir vahşilik yapamam. Böyle bir şey hem günah hem de kendime yakıştıramam. Bana güven, diyormuş. Hasta olduğum zaman ve bazen pazar günleri yemeği eşim yapıyor. Sen çocuklarla çok yoruluyorsun, bu gün dinlen, seni dinlendirince ben de dinleniyorum, diyor. Ben de sabah namazından sonra yatmıyorum. Onun kahvaltısını hazırlıyor, onunla kahvaltı yapıyorum, kral uğurlar gibi onu işe uğurluyorum. Çünkü ilgi göstermeyene ilgi gösterilmez. Herkes kendi üzerine düşen görevi yapsa, ailelerin çoğu kurtulur."

Aferin Zeynep'e! Onun babası gibi koca da azdır. Ama kendi gibi kadın da zor bulunur.

"Kötülerin yüzünden iyiler de töhmet altında kalıyor. İlla aile illa, aile. Aile yapısı bozuksa o yuvadan mutlu çocuk, şahsiyetli genç çıkamıyor. Bu konuyu gençler çok iyi düşünmeli, düşündürülmeli." diyor Zeynep. Harika bir kız ya. Onun karekterine bayılıyorum.

Tuğçe'ye uğradım. Kocası zorla başını açıp diskoya götürmüş. Allah Allah! Bu nasıl erkek? İnsan karısının zorla başını açar da diskoya götürür mü? Tuğçe de fırsat kolluyormuş. Birkaç kez ağlamış, sonra o da kaptırmış kendisini. Böyle çabucak çizgiden çıkanlara nasıl dindar denmiş anlamıyorum. Okuduğum kitaplarda, dindarların kalitelilerinin dev gibi yürekleri olduğundan bahsediyor.

Müslümanlar, hayat serüveninde dünya için birer kahramandır. Tarihte Müslüman kadınlar kaplan gibi olmuşlar. Sümeyye validemiz, güçlü iradesiyle düşmana taviz vermedi ve şehit oldu, bunlar da en ufak teklifle dökülüyorlar.

Niye oralara gittim ki ben?

Can sıkıntısından olsa gerek.

***

"Elimde değil, hanımlarına saygı gösteren, onları herkese karşı koruyan, ihaneti olmayan erkeklere imreniyorum. İhanete uğramamak herhalde büyük bir mutluluktur."

"Kol kola girmiş, neşeyle birbiriyle konuşan karı koca gördüğüm zaman içim eriyor. Ben nasıl olsa öyle mutlu bir gün göremeyeceğim, bunu bildiğim için hayallerimi sindirmeye çalışıyorum. Korkuttum hayallerimi artık kurulmuyorlar."

***

Maksimilyan yazılanları okudukça şaşırıyor, hiçbir anlam veremiyordu. Ne diyordu Cennet? Üstelik sanki çok dindarmış, İslam'ı da biliyormuş gibi yazmış. Bunlar neyse de ne demek başka erkeklere gıpta etmek? Demek ki benimle evlenmeden önce mutlu çiftleri takip ede ede iyice azıtmış.

Tekrar bir sayfa daha çevirdiğinde, Cennet'i karşısında görür:

— Merhaba canım. Seni çok merak ettim. İş yerinden izin aldım. Sen hastayken daha fazla çalışamazdım. Nasılsın? Seni ayakta görmek ne güzel. Ne okuyorsun?

Maksimilyan hüzün dolu gözlerini Cennet'e çevirip cevap verir:

— Senin günlüğünü.

— O günlük benim değil ki, Derya'nın. Yazımız benziyor ama. Çok dertli kişi dinlemiş, günlük yazmış okumak için almıştım, ben de kalmış.

— Öyle mi?

Cennet ceketini çıkarıp koltuğa oturur:

— Bugün erken gelmemin ikinci sebebini sana söylememi ister misin? Senin bu halini bugün çözeceğim. O gün babamın yanından geldiğinde çok tuhaftın. Bir daha kendine gelemedin. Mutlaka babam sana bir şey söylemiş onu bugün algıladım:

— Sence ne söylemiş olabilir?

— Bilmem ki. Babamı yeni tanıyorum. Ne söyleyeceği hiç bilinmez:

— Tahmin et.

— Benimle ilgili ya da ikimizle ilgili olduğu kesin. Ne söyledi sana?

— Git babana sor. O anlatsın.

— Soracağım tabi. O yüzden geldim.

Cennet apar topar babasının kapısına koşarcasına gitti. Zili çaldığında babası açmıştı kapıyı.

— Baba!

— Efendim bebeğim.

— Baba, Maksimilyan'a söylediğin her şeyi bana da anlatacaksın. Aksi taktirde bir daha yüzümü göremezsin.

— Söyledi mi?

— Ben ondan duyacağımı duydum. Şimdi sen anlat! Daha doğrusu anlatacaksın baba. Ben artık dayanamıyorum. Benim mutluluğumu sen yıkacaksın, hatta yıktın bile. Kocam o günden beri gözlerime hiç bakmadı, gözlerimiz birbirine bir kez bile değmedi. İnan bana bu gece Maksimilyan'ı bırakıp kaçacağım her şeyi anlatmazsan.

İbran, kızındaki kararlılığı görmüştü. Ne yapacağını

bilmez halde uzun süre kızına bakar... Sonra kalkıp gezinir. Kızı kararlıdır. Mecburen "olur" der.

Kızın yüzüne bakmadan anlatmaya başlar:

— Senin daha önce bir erkekle metres hayatı yaşadığını, o metresin sana bir mercedes aldığını söyledim.

Cennet, cinnet geçirmişti. Babasının sesini artık duymuyordu. Bağırıyor... Saçını başını yoluyor... Avazının çıktığı kadar çığlık atıyordu. Tam anlamıyla kendini kaybetmişti Cennet. Evde kimse olmadığı için korkan İbran, mecburen Maksimilyan'ı çağırır:

— Çabuk gel, Cennet'e bir şeyler oldu:

Maksimilyan geldiğinde, Cennet'in cinnet hali devam ediyor, eline geçirdiği her şeyi babasının üzerine fırlatıyor, pencerelerin camlarını kırıyor, evdeki bütün vazoları duvarlara çarpıp çarpıp bağırıyordu:

— Senin gibi babanın Allah cezasını versiiiin!.. Allah senin belanı versiiin! Gavurlar yapmaz senin bana yaptığını!.. Ben kimin metresi oldum ha? Sen hiç vicdan taşımıyor musun? Söyle, kimin, kimin metresi oldum? Adı ne, nerde oturuyor? Hadi götür beni ona! Böyle iftira yapan baba benim babam olamaaaaz! Böyle babaya inanan koca da benim kocam olamaaaaaz!

Bunlar Cennet'in son sözleri olmuştu.

İnsanlığın ne olduğunu insanın kendisi bilmiyorsa ...

İnsan insanı yiyebiliyorsa farklı lokmalarla ...

Kötüler iyilerden fazlaysa gök kubbe altında ...

O gök kubbeden rahmet damlar mı böylesi insanı az insanlığa?

Düşünürler, ne düşünüyorlar acaba?

İYİLİKLER ÇÜRÜMEZ A CANIM...

Aradan üç yıl daha geçmişti. Maksimilyan geçirdiği günleri hayal ediyordu. Cennet sinir krizinden sonra merdivenlerden hızla inerken Maksimilyan ona yetişmiş. "Gel bitanem. İnan bana tam inanmadım babana. Ama bunalıma girdim. Baban bir psikopat. Hemen kredi çekelim, kendimize bir daire alalım. Buralardan gidelim." diyerek karısına güzel konuşsa da Cennet kendine uzun süre gelememişti.

"— Hayır! Seni affedemem. Ben seni de görmek istemiyorum." diyerek tepkisini sürdürmüştür.

Bu defa Maksimilyan çok sinirlenmişti:

"— Yeter! İleri gitme! Peygamber bile "Ben kimsenin kalbinden geçeni bilemem." diyor. Ben insanım, bir an şok geçirdim. Sen geçirdin de ben geçiremez miydim?

Bu soruya Cennet'in verdiği cevap hâlâ Maksimilyan'ın kulağında duruyordu.

"— Ama bana babam bunu nasıl yapar, diye şok geçirdim."

"— Ben ne için geçirdim. Saçmalamayı bırak. Benimle ömür yolculuğuna devam ediyor musun, etmiyor musun? Çabuk ve çok seri biçimde düşüncelerini söyle."

Cennet merdivene oturmuş şok halinde bakıyordu.

Maksimilyan tekrar tekrar sordu:

— Cennet! Cevap ver!

— Tabii ki geliyorum, sensiz ömür yolunu nasıl bitiririm?

Birbirine sarıldıktan sonra Maksimilyan devam etmiş:

— Şartlarıma aynen uyacaksın. Şimdiye kadar senin koyduğun her yasağa uydum. Ben yasak koymadım. Şimdi yasak koyma sırası bende.

Madde bir, bir daha babanla konuşmayacaksın. Ta ki o suçunu anlayıncaya kadar. Sonunda sabır taşımı çatlattı benim.

Madde iki, evi hemen alıyoruz.

Madde üç, özür diliyorum. Öyle bir babaya inanmamalıydım.

Dairelerini alırlar. Yahya Beyin de yardım etmesiyle dört yılda borçlarını öderler. Bir oğulları olur. Cennet, yavrumdan zaman çalıp para kazanmaya veremem, der ve işten ayrılır. Dört yıl boyunca annesi her zaman evine geldiği halde babasına evini bildirmez.

Babasında ise suçunu itiraf etmek gibi bir düşünce yoktur.

Ali'yi düşünmüştü Maksimilyan. Ve bulup yıllardır neler yaptığını öğrenmişti. Kendini karısına karşı gebe hissetmenin bedelini epeyce ödemişti. Şimdi, Maksimilyan'ı modellediği için düzelmiş, yıkılmak üzere olan yuva, özellikle Ali iş bulduktan sonra yeniden kurulmuştu. Ali işe başladıktan sonra kompleksinden sıyrılmış herkesi şaşırtacak hâle gelmişti. Hayret ediyordu Maksimilyan "Beyefendi, dürüst bir insan. Özellikle Allah'a da iman ediyor ve O'ndan korkuyorsa kumar oynamaz." demişti de Ali'nin düşünmesine vesile olmuştu. Ali'nin eski durumu aklına geldikçe şaşıyordu Maksimilyan. Bir insan nasıl olur da bu kadar kısa zamanda düzelir, diye hayret ediyordu.

İlk işi Türkiye'den Cemil Tokpınar'ın, *Sabah Namazına Nasıl Kalkılır* isimli kitabını istetmiş ve okuduktan sonra Ali'ye hediye etmişti. Ali kitabı okumuş ve namaza başlamıştı. Kitap onun ruhundan öteki dünyaya pencere açmıştı sanki. Kitabı okuduğu gecenin sabahında.

İlk kez sabah namazına kalkmış, namazını eda etmişti. Bunları Ali'den dinleyen Maksimilyan çok mutluydu. Bir kişinin hem dünyasını, -zahiren- hem de ahiretini kurtarmıştı. Sabah namazında öyle içten dua etmişti ki, feyizden oluşan göz yaşları, sanki nurdan şebnemler olup Maksimilyan'ın kalbine ılık ılık damlıyor, orda çiçeğe dönüşüyordu.

Uzun süre seccadenin üzerinde kaldıktan sonra aynı yerde uyumuş, seccade üzerine uzanmıştı.

Saatler sonra yatağından kalkan Cennet, kocasını seccadede görünce hayret etmiş, onu uyandırmıştı:

— Maksimilyan! Maksimilyan!

Gözlerini açan Maksimilyan cevap verir.

— Efendim canım.

— Namaz mı kıldın?

— Belli olmuyor mu?

— Neden bana da teklif etmiyorsun anlamıyorum. Her zaman seni takip ettim. Bir kez "Gel beraber namaz kılalım." demedin. Deseydin beraber kılardık.

Duyduklarına inanamıyordu Maksimilyan:

— Sen sahi mi söylüyorsun? Namaz kılmak istediğini bilmiyordum. O halde hemen şimdi başla, yarın başlayacağım diyenlerin yarını bitmez.

— Tamam. Sen bilmiyorsun, ama ben namaz kılmadığım için çok huzursuz oluyorum. Mutsuzum. Yakında karar verdim tesettüre de gireceğim. Ama öyle Allah'ı kandırmaya çalışır gibi tesettürle ilgisi olmadığı halde "Bu tesettürdür." deyip, kendimi teselli etmeyeceğim Allah'ın izniyle. Ve şeytana zafer zevkini tattırmayacağım.

Maksimilyan, gözyaşlarına hakim olamamış, sevinçle Cennet'e sarılmıştı:

— Sen bir meleksin canım.

— Senin gibi kocası olan bir kadın, şeytan olsa bile meleğe dönüşür. Senin ahlakının güzelliğine hayranım Maksimilyan.

***

Maksimilyan liseyi Almanca okuyor, bir taraftan Kur'an meali bir taraftan da psikoloji üzerine dersler alıyordu:

— İnsan boş durmamalı, boş duranları şeytan çabuk aldatır, diyordu.

Psikoloji ağırlıklı üç aylık bir seminere katılan Maksimilyan, ilk gün hayretler içinde kalmıştı. Çünkü kimlik konusunu farklı açıdan öğrenmiş, bazı insanların otuz, kırk kimliği olabileceğini, fakat her insanın kendi tayin ettiği üst kimlikleri bulunduğunu, kimi insan da bir, kiminde birden fazla üst kimlik olduğunu öğrenmişti.

Hoca anlatmıştı:

"Bir erkekte çok fazla kimlik olabilir. Kadında da. Meselâ bir erkekte, eğer çocuğu varsa, baba kimliği vardır, iş adamı kimliği vardır, eş kimliği vardır, ressamsa ressam kimliği vardır, bu kimlikler uzar gider. Asıl mesele şu: Babanın veya annenin veya başka birinin kimlikleri birbirine karıştırmamalı. Baba kimliği ile eş kimliğini karıştıran bir baba, kızının kocası yerine de kendini koyar. İster ki çocuklarının her kimliğini kendi doldursun. Gelinine karşı kıskanç olan kayınvalidede bu problem vardır. Öğretmen, öğretmen kimliğini evine taşırsa, çocuklar baba özlemi çekerler. Çünkü karşılarında daima bir öğretmen vardır. Bunların detayları var tabi.

Maksimilyan kararını vermişti. Kaynatası, kızının başkası tarafından mutlu edilmesine dayanamamıştı. Ruhsal yönden de problemi vardı. O bir hastaydı.

Maksimilyan karısından habersiz, kaynatasına gider. Yıllar sonra ilk kez görecekti onu. Kapının zilini çaldığında Rabbisiyle konuşuyor: "Allah'ım! İbran'ın bana ne kadar kötülük yaptığını sen biliyorsun. Senin rızan için ölsem yüzüne bakmayacağım insanı senin hatırın için tedavi edecek, rızana nail olmaya çalışacağım, bana yardım et Allah'ım!"

Kapıyı açan İbran'dı. Göz göze geldiklerinde onun çok fazla çöktüğünü fark etti.

İbran suratını asarak sordu:

— Ne var?

— Sizinle konuşmaya geldim. Niyetim iyilik etmek. Niyetimi anlamaya, görmeye çalışın.

Bu arada Selime Hanım damadının sesini duyunca koşarak gelip damadına sarılır:

— Senin gibi damadı Allah dostlarıma da versin.

— Ama, kayınpeder sevinmedi.

Maksimilyan her şeyi anlatmıştı kaynatasına. Onun tedavi olması gerektiğini, fesatlığının hastalığa dönüşmüş olabileceğini... Bu şekilde devam ederse kendisinin delirebileceğini veya çok mutsuz olacağını uzun uzun anlatır.

Maksimilyan Cennet'ten gizli, babasını psikiyatriste götürüp onu tedavi ettirmiştir. Aylarca sürer bu tedavi.

Tedavi biter. Bir pazar günü Cennet, oğlu Cem'le otururlarken Maksimilyan kalkıp mutfağa girer. "Size bugün ziyafet var. Annemden öğrendiğim cırtlayı yapacağım. Bir de güzel bir çay. Cırtla nasıl yapılır bilir misiniz? Hamur sütlaçtan daha cıvık hale getirilir, ince tabaka halinde tavaya dökülür ve kızartılır. Yani bugün bendensiniz." der, neşelidir.

Oğlu Cem ile annesi oynarlarken, Maksimilyan güzel bir sofra hazırlamıştır, cennet kocasında bir tuhaflık hisseder ama ne olduğunu anlayamaz.

Birden kapının zili duyulur. Maksimilyan:

— Cennet'ciğim, kapıya sen bakar mısın? Bugün de filmlerdeki gibi bir hayat yaşayalım ve kapıyı açarak bunu sen başlat.

Cennet kapıya doğru giderken söyleniyordu:

— Sen ne diyorsun ya! Konuşmandan hiçbir şey anlayamıyorum.

Kapıyı açınca babasını elinde bir çiçek olduğunu görür. Babasına sarıldıktan hemen sonra çiçekteki kartı okur. Çiçek üzerinde "Kızımdan ve oğlumdan özür diliyorum." yazılır. Ne diyeceğini şaşırmış bir halde babasına tekrar sarılır. Annesi de arka tarafta ağlamaktadır.

Cennet; Maksimilyan kızacak diye düşünürken, Maksimilyan'ın sesi duyulur:

— Cennet, gelen babansa sakın içeri alayım deme seninle ilk ve son ayrılığımız olur, diyeceğimi sanıyorsan yanılıyorsun. Hadi buyursunlar, babana özel yaptığım bazlama da pişmek üzere.

Kocasının hazırladığı sürprizi ve öncesindeki her şeyi öğrenen Cennet gözyaşları içinde kocasına teşekkür eder:

— Senin sayende, zalim kardeşinize de yardım edin, diyen Peygamberimizi şimdi daha iyi anladım. Senin bu iyiliğini asla unutmayacağım. Bana babamı kazandırdın ve kötülerin de içinde düzelebilecekleri olduğunu belgeledin. Şimdi eşleri senin gibi olmayan kadınlara acıyorum.

— Bana bu yöntemi öğretene teşekkür et canım. Kaldı ki senin mutlu olman için de elimden geleni yaparım.

İbran ağlıyordu:

— Durun biraz da ben konuşayım. Hepinizden özür diliyorum. Çok kötülük ettim. Kızım kocasını sevince beni sevmez sandım. Biraz da dinsizliğin etkisinde kaldım. Ahireti hiç düşünmedim. İnan bana kızım, artık ahirete bu defa gerçekten inanıyorum. Maksimilyan benimle o kadar çok ilgilendi ki, ahireti sadece göstermediği kaldı:

— Gerçek mi babacığım?

— Gerçek tabi. Ama içimde bir şey ukde kaldı. Benim böyle dönüş yaptığımı Sabrina da görsün isterdim. Ona, onu şok edecek çok olumsuz sözler söyledim.

Maksimilyan verdi cevabı:

— Merak etme bitanem o çoktan duymuştur.

Bu mutlu haberi hemen babamla anneme bildirelim. Bu defa telefon açmakta geciktik, özür dileyelim.

— Tamam, sen emret.

İbran şakayla kendini eleştirir:

— Yoo! Öyle yağma yok. Beni kızımdan ayıramazsın. Ona çok sevgi gösterirsen benden kopar.

Herkes gülüşür bu söze. Maksimilyan, bir gönül mücadelesini büyük bir sabırla kazandığından dolayı doyasıya mutludur!

* * *

Olaylar göstermişti ki, insanlar kendilerine güvenirlerse mutlu yaşarlar. Ayrıca iyiler, iyi olmaktan vazgeçmezlerse, kötülerin çoğu düzelir... İyilik çürümez.

İnsan, ona ister ithal, ister ihraç densin, eğer insanca ilgi görüyorsa...

Kendisini anlayan eşe dosta sahipse...

"Cennetin yolları yorucudur." diye kabul etmiş ve sürdürüyorsa gönüllü yolculuğunu...

Hayat muammasının, anlamışsa küçük şeyler birikiminden oluştuğunu...

İki âlemi, dengeli olarak algılayabiliyorsa gerçekten...

Görebiliyorsa insan kendisini Allah'ın verdiği rahmet aynasında...

Şüphe yok ki, gideceği yer, çiçeklerinin bile mutluluktan gülümsediği yer olacaktır. Ve her yolcunun hak ettiği yer, o yolcunun bulunduğu yolun sonunda onu beklemektedir.

—SON—